KB081120

암
자
로 가는
길
3

암자로 가는 길 3

정찬주 글

백종하 사진

열림원

수행과 기도란

'맑은 눈'을 지키고자 하는 간절한 그 무엇이다

새벽에 일어나 어제 산골짜기에서 주위온 삭정이로 장작 난로를 피우고 있다. 깊은 산중이라 밤낮의 온도 차이가 생각보다 크다. 창호가 푸른 빛깔을 띠어 방문을 여니 안개가 자욱하다. 무명 홑이불처럼 가랑잎이 뒹구는 산방 앞 산자락을 덮고 있다.

이른 새벽에 일어난 것은 『암자로 가는 길』 마지막 편 교정지를 보기 위해서이다. 말 그대로 이 책이 오랜 세월에 걸친 내 암자 순례의 마지막 기행서가 될 것이다. 마지막이어서인지 교정을 보는 내내 추억에 잠겼다. 암자를 찾아 산길을 오르던 일이 새록새록 떠올라, 마치 이 책이 다른 사람 아닌 나 자신을 일깨우기 위해 출간되는 책이 아닐까도 싶었다.

아직도 내게 그때의 감성과 사유가 남아 있을까 하는 자책도 들었다. 잃어버린 것이 있다면 그것을 거름 삼아 움이 돋듯 내면 어딘가에 새롭게 생겨난 것도 있을 터이다. 그러나 나는 암자로 가는 길에서 만난 자연과 수행자와의 인연을 결코 잊지 못할 것이다.

지금은 날이 훤해졌다. 안사람은 산방 아래 절에 108배를 하러 가고 없다. 나는 텅 빈 산방에서의 적막을 편애하는 편이다. 난로 속의 삭정이가 탁탁 소리를 내며 자기 몸을 태워 내게 온기를 주고 있다. 『암자로 가는 길』 1, 2권을 발간했을 때와 달리, 이미 다 읽어본 교정지를 또다시 넘겨보고 있다. 몇몇 구절이 아쉬운 듯 내게 따뜻한 손을 내밀고 있다.

　　"솔바람은 비질하는 소리가 나고, 대나무 바람은 소낙비 소리가 나고, 골
　　바람은 밤 파도 소리가 납니다."
　　"골짜기 물의 소임은 맑은 물을 흘려보내는 일입니다. 그래야 하류의 물
　　이 정화되지 않겠습니까?"

　수행자가 아니면 할 수 없는 말씀이다. 그런가 하면 나의 감성과 사유가 묻은 구절도 나를 멈칫거리게 했다.

　　'철 늦은 동백꽃들이 선禪의 전언傳言처럼 절절히 붉다.'
　　'자비심이란 나와 남을 분별하지 않는 열린 마음이 아닐까.'
　　'깊은 후회가 피눈물로 응고된 것 같은 동백꽃.'

'암자의 문은 하늘을 향해 열려 있다.'

'지금이라는 시간 속에서 순정하게 살고, 여기서 나누는 삶을 한 몸인 듯 더불어 열자. 내일이라는 시간은 미리 손짓하는 헛꽃일 뿐이고, 여기가 아닌 저기라는 공간은 가설무대 같은 것이다.'

'우리가 때 묻지 않은 열망의 한 생각을 천년인 듯 만년인 듯 껴안을 수 있다면 그것이 바로 지금 여기에서 이루어지는 가슴 벅찬 새 세상의 개벽이 아니겠는가.'

'꽃향기에는 주인이 없다. 암자에 들어서니 꽃향기가 물 끓듯 비등한다.'

'절은 한 권의 시집詩集이어야 한다.'

'참선 중인 스님의 얼굴빛은 다르다. 겨울의 찬 공기를 쐬며 푸름을 한 켜 한 켜 재우는 배춧잎 같다.'

이번에 내는 『암자로 가는 길 3』은 이미 절판돼 사라져버린 『산중암자』의 개정증보판이라 할 수 있는데, 내 신심을 키워주었던 호남과 영남에 자리한 다섯 군데의 암자 같은 절의 글을 추가했으며, 사진은 최근의 풍광으로 모두 바꾸었다. 또한 가능하면 스님의 법명은 익명으로 처리했다. 운수납자답게 암자를 떠나버린 스님도 있고, 현재 묵묵히 정진하는 스님의 수행에 방해가 될 것 같아서였다. 내가 예전에 찍은 사진이 시원찮은 탓도 컸지만, 세월이 흐르면서 암자의 모습이 많이 달라진바 사진의 전면적인 교체는 반드시 해야 될 작업이었다. 전문가인 백종하 사진작가에게 의뢰하여 자연미인 같은 암자의 모습이 단아하게 잘 드러난 것은 독자를 위해서도 아주 다행한 일이라고 여겨진다. 다만, 작가의 사진 중에서 내가 쓴 글과 계절이 맞지 않는 풍경이 다소 눈에 띄어 때가 되면 수정 보완할 생각이다.

끝으로 자신의 작업에 인생을 건 백종하 사진작가에게 감사를 드리고, 『암자로 가는 길』 1, 2권에 이어 3권까지 정성 들여 편집해준 열림원 정중모 대표와 박은경 편집장에게 이 지면을 빌려 고마운 마음을 전하고 싶다.

2015년 가을 이불재에서

벽록 정찬주

차례

전라남북도

암자는 스스로
봄바람에 웃네

경상남도

차 달이는 연기가
암자를 물들이네

경상북도

꽃 지는 바람이
암자를 스치네

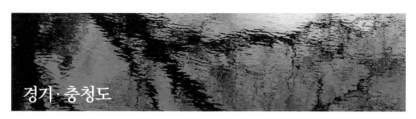

경기·충청도

솔방울 떨어지는 소리가
암자에 있네

전라남북도

암자는 스스로
봄바람에 웃네

우리가 때 묻지 않은 열망의 한 생각을
천년인 듯 만년인 듯 껴안을 수 있다면
그것이 바로 지금 여기에서 이루어지는
가슴 벅찬 새 세상의 개벽이 아니겠는가

솔바람 소리
회오리치는 산길

조계산 광원암

　광원암廣遠庵 가는 길의 솔바람 소리는 귀로만 들리지 않는다. 온몸에 스며드는 것 같아 오장육부가 서늘해진다. 암자는 가까운 곳에 있으니 걸음을 재촉할 필요는 없다. 솔바람 소리가 회오리치는 암자로 가는 길목에서 잠시 온몸을 세탁할 일이다. 저잣거리에서 묻혀온 심신의 먼지가 깨끗이 씻어지는 느낌이다.

　광원암은 송광사 1번지와 같은 암자이다. 송광사를 짓기 전, 백제 무령왕 14년(514)에 가규可規 스님이 창건하였다고 전해진다. 그 후 고려 때 진각眞覺 국사 혜심慧諶 스님이 머물면서 불가의 필독서인 『선문염송』 30권을 편찬하여 이곳에서 넓게廣 멀리遠 유포시켰다고 광원암이라는 이름이 붙여졌던 것이다.

　암자 입구에 있는 작은 연못에서 잠시 걸음을 멈추어본다. 7백 몇 십 년 전, 이곳에 머물렀던 진각 국사도 연못을 좋아하여 많은 시를 남겼음이.

진각 국사가 머물며 『선문염송』을 펴낸 광원암과 그가 좋아한 연못

마침 연잎이 피어나지 않은 철이라 나그네 얼굴이 수면에 비친다. 진각 국사는 수면에 비친 자신의 얼굴을 보고 무어라 하였던가.

못가에 홀로 앉았다가
못 밑에 있는 중 하나를 우연히 만난다
묵묵히 웃으며 서로 바라보나니
그대에게 말 걸어도 대답하지 않음을 나는 안다네.

진각 국사만큼 연못을 사랑한 이도 드물 것이다. 연못을 소재로 한 많은 절창 가운데 이런 시도 있다.

바람 자고 고요히 파도 일지 않으니
삼라만상이 눈에 가득 비치누나
많은 말이 무어 필요하랴
바라만 보아도 뜻이 벌써 족한걸.

진각 국사 부도탑은 암자 바로 뒤에 있다. 대선사이자 국사라고는 하지만 시골 촌로의 비석처럼 수수하다. 그러기에 부담이 없고 친근하다. 나그네도 참예하는 바위에 편하게 앉아 스러져가는 석양빛을 쬐어본다. 마치 할아버지 같은 진각 국사께서 '옳아, 너 이제 돌아왔구나' 하고 석양빛 한 줌을 선사하시는 것 같다.

이런 소박한 자리가 바로 의지하고 싶은 큰스님의 마음이 아닐까. 오늘

'너 이제 돌아왔구나'라고 말하는 듯한 진각 국사 부도탑

솔바람은 비질하는 소리가 나고, 대나무 바람은 소낙비 소리가 나고, 골바람은 밤 파도 소리가 난다

날 스님들이 자칭 타칭 대선사이자 대종사라고 하는데, 그들의 부도탑도 부풀려진 이름과 비례하여 커지고 있다. 왠지 친근감이 덜하고 부담스럽기만 한 것이다.

1992년도에 신도들의 시주를 받아 광원암을 여법하게 복원한 현봉玄鋒 스님의 한마디이다.

"새로 암자를 복원하는데 우리가 생각했던 것과 사라진 옛 암자의 향向과 크기가 일치하였습니다. 땅에 깊이 묻힌 주춧돌들이 그것을 증명했지요."

옛 스님들은 함부로 집을 짓지 않았을 것이고, 단순한 주거 개념이 아닌 수행 공간이라는 점을 염두에 두었을 것이다. 이런 공사는 나그네의 눈썰미로 보아도 대개 스님의 인격과 일치한다. 암자를 보면 스님의 수행 정도가 보이는 것이다.

그러고 보니 선객의 길을 걷는 현봉 스님답게 암자는 선적인 분위기이다. 군더더기가 없다. 절하고 차 마시는 인법당 하나, 공양하는 요사 하나, 작은 연못과 해우소(변소) 하나가 전부이다. 하긴 이런 분위기를 지키는 게 무어 어려우랴. 진각 국사의 부도탑을 보면 해답이 거기에 있다. 작은 것이 편안하고 아름다운 것이다. 선이라는 것도 현봉 스님의 지나가는 말에 의하면 거창한 것이 아니라 무욕의 삶이다.

"이런 산골에서 귀를 열고 자연의 소리나 들으며 욕심 없이 사는 것이 선이라고 생각합니다. 솔바람은 비질하는 소리가 나고, 대나무 바람은 소낙비 소리가 나고, 골바람은 밤 파도 소리가 납니다."

현봉 스님이 송광사 선방으로 내려가고 한 스님과 저녁공양을 한다. 상차

림은 수수하고 정갈하다. 스님이 권하는 동치미 국물이 감식초처럼 신맛이 난다. 그 국물에서 무를 꺼내고 배를 썰어넣자 단맛과 신맛이 묘하다. 순간 나그네에게는 동치미 국물에 배를 섞어 마시듯 자기 앞에 놓인 일상을 사랑하고 새 맛 나게 요리하는 것도 선이라는 생각이 든다.

조계사 광원암 불일암 가는 길로 가다가 작은 외나무다리를 건너지 말고 오른쪽으로 조금만 오르면 된다. 해탈교에서 보통 걸음으로 15분 정도 걸린다. **전화** 052-238-5088

뜻밖에 받은
나그네의 생일상

운람산 수도암

구정을 쇠러 고향에 내려와 하룻밤을 보냈다. 설은 사흘 남았고, 오늘은 음력으로 섣달 스무이렛날로서 나그네의 생일이다. 부모의 몸을 빌려 이 세상에 나온 육신의 생일이다. 나그네는 부끄러운 날이 많고, 또 전생을 믿기에 '몸 받은 날'을 그리 치지 않는다. 사실, 음력의 생일은 접어둔 지 오래이고, 식구들이 아쉽다고 양력으로 옮긴 생일마저 건너뛰기 일쑤이다.

그래서인지 무덤덤하게 달력을 보는데 문득 내일이 입춘이다. 겨울이 물러가고 봄이 들어선다는 입춘立春. 마침 고향 집 마당가에서는 동백나무의 꽃망울이 붉게 부풀고 있다. 지난해 여름, 태풍에 휘둘리어 큰 가지가 부러져 난쟁이가 되었건만 보란 듯이 꽃을 피우고 있는 것이다.

고향 집에 들른 나그네에게 입춘이 주는 생일 선물치고는 과분한 느낌이다. 이런 기분이라면 방에만 틀어박혀 있을 수만은 없지. 그래, 어디론가 튀어보자. 친구야, 동백꽃 피는 날이다. 봄나들이 가쟈스라.

그리하여 광주대학교에서 동양철학을 강의하고 있는 나그네의 친구 이희재 교수와 함께 찾아가기로 한 곳이 고흥군에 있는 수도암修道庵이다. 친구와 나그네는 같은 고등학교와 대학교를 다녔으니 곱빼기 동창인 셈이다. 그보다도 친구는 대학 졸업반 때 나그네에게 『주홍글씨』 문고본을 선물하고는 송광사로 출가한 경력이 있다. 그러니까 우리는 함께 구도의 길을 가고자 하는 도반인 것이다.

수도암은 고려가 기울기 시작하던 공민왕 19년(1370)에 도희道喜 선사가 창건했다고 한다. 고려 왕국은 구름 흩어지듯 역사 저편으로 덧없이 사라지고 말았지만 변방을 찾아 둥지 튼 도희 선사의 숨은 구도 의지는 오늘의 암자 살림만큼이나 다소곳이 이어지고 있다.

나그네는 전등傳燈이라는 말의 의미를 음미해본다. 등불의 불빛을 꺼뜨리지 않고 그 불씨를 누가 전하여주고 있는가. 암자를 거쳐간 이름 없는 스님들이 그러하듯 진리의 등불은 저잣거리의 부유한 절이 아니라 산중의 가난한 암자에서, 청정한 곳에서만 산다는 반딧불이처럼 점점이 명멸하고 있다.

벌교에서 고흥은 두말할 것도 없이 소록도 가는 길. 일찍이 시인 한하운韓何雲이 자신의 병을 끌어안으며 눈물 뿌리고 지나갔던 길. 치열함이 어찌 출가승들만의 몫일까. 한하운의 「전라도길」을 한두 구절 두런거리다 보니 나그네도 코끝이 찡해온다.

신을 벗으면
버드나무 밑에서 지까다비를 벗으면
발가락이 또 한 개 없다.

바닷가 고흥 땅에서 '높은 산' 대접을 받는 운람산의 수도암

앞으로 남은 두 개의 발가락이 잘릴 때까지

가도 가도 천리 먼 전라도 길.

한하운은 발가락이 한 개 한 개 사라지는 비통한 체험 속에서도 자신의 눈물겨운 생을 민요적 가락으로 남기었다. 언젠가 지수화풍地水火風으로 돌아갈 자신의 육신에 매달리지 않고, 우리들 가슴 가슴에다 애절한 시와 투명한 혼을 남긴 것이다.

그렇다. 육신이 멀쩡하다고 자신의 삶도 덩달아 건강한 것은 아니다. 우리 주위에는 발가락, 손가락 다섯 개가 온전해도 정신 못 차리고 사는 족속들이 얼마나 많은가. 하루 한순간이나마 멀쩡한 사지를 보고서 부끄러워해야 할 일이다.

수도암이 자리한 운람산雲嵐山은 해발 487미터밖에 안 되어 강원도 같은 데서는 족보를 내밀기도 뭐하겠지만 바닷가인 고흥 땅에서는 '높은 산' 대접을 받고 있는 듯하다. 두원면 금오마을에서 한 농부에게 암자 가는 길을 묻자, 전라도 사투리로 "쩌어그 높은 산 서쪽에 있그만이라"라고 말하며 도리질한다. 길이 잘 닦여 나그네는 친구의 승용차로 오르고 있지만 마을 할머니들이 머리에 시주물을 이고 가기에는 몹시 힘든 산길이 아닐 수 없겠다. 나그네도 시골 할머니처럼 산길을 쉬엄쉬엄 걷고 싶지만 승용차는 어느새 암자 턱밑에 주차하고 만다.

암자는 크지도 작지도 않다. 고만고만한 가람들이 어깨를 맞대고 있는데, 덩치가 작은 법당, 산신각, 요사, 종각 등은 덜 자란 동생 같고, 나한이 봉안된 무루전無漏殿은 나이 든 형님처럼 보인다.

몇 년 전에 왔다는 스님은 감자밭을 지키는 씨감자 같은 분위기이다. 방으로 들어가 상견례를 하고 이런저런 얘기를 나누는데 그런 느낌이 든다.

"제가 왔을 때는 빈 암자였습니다. 암자가 가난하다 보니 스님들이 살지 못하고 떠나버린 거죠. 하지만 암자치고 이곳처럼 포근한 곳도 드뭅니다. 벌교까지 폭설이 내리지만 이곳에서는 겨우내 눈 구경을 못 합니다."

차를 몇 잔 마시고 나니 점심시간이다. 스님은 아침을 늦게 먹었다며 동행한 친구와 나그네에게 조촐한 밥상을 배려해준다. 산중 스님에게 뜻밖의 생일상을 받고 있는 셈이다. 비록 1식 3찬, 된장국에 감 장아찌와 김, 동치밋국이 전부이지만, 스님의 마음이 담긴 정갈한 상이다.

"스님, 된장국이 정말 끝내줍니다."

"어디 내 솜씨가 좋아 그렇습니까. 고흥 된장 맛이 좋아 그런 거지요."

내일은 입춘이다. 나그네는 저 젊은 스님의 상기된 얼굴에서 이미 들어선 봄을 읽는다. 고목의 새잎 같은 승가의 풋풋한 미래를 본다.

운람산 수도암 고흥군 두원면 금오마을의 초등학교에서 왼편으로 꺾어 들면 전방 5킬로미터쯤의 거리에 운람산이 있는데, 암자는 산 중턱에 위치하고 있다. 마을을 지나 저수지를 넘어서는 직진하는 길이 하나밖에 없으므로 암자를 찾기가 쉽다. **전화** 061-835-5179

바다안개
쉬어 가는 섬 산길

거금도 송광암

    송광암松廣庵은 위도상 우리나라 최남단에 위치한 암자 중 하나이다. 다도해의 한 식구로 등재된 거금도에 자리하고 있는데, 돌산 향일암이나 남해 보리암보다도 더 남쪽에 위치한다. 그러니 송광암 가는 길은 쪽빛 다도해 뱃길에다 거금도 안의 진달래꽃 산길이 합쳐지는 독특한 코스인 셈이다.

    녹동 항구를 떠나 바닷바람에 몸을 맡기니 번다한 잡생각들이 빨래처럼 헹구어지는 느낌이다. 뭍을 떠난 지 불과 몇 분밖에 안 되었는데도 혹성을 탈출한 기분이 드는 것이다. 그런가 하면 환우患友들과 평생을 함께하겠다는 어느 신부가 문득 떠올라 소록도의 등대 빛깔이 로만 칼라처럼 그윽해 보이기도 하고.

    소록도에 사랑이 있다면 거금도에는 자비가 있다고나 할까. 소록도에는 다 알다시피 환우들의 재활을 위하여 신부, 수녀 들이 봉사한 지 오래이고, 거금도 송광암은 스님들이 섬 어부들은 물론, 다도해 물고기들을 위하여

보조 국사가 시창한 삼송광 중 하나로 전해지는 송광암

선이란 사람들의 마음을 편케 해주는, 지식과 빵이 대신하지 못하는 그 무엇이 아닐까

하루도 빠뜨리지 않고 새벽마다 기도를 해오고 있음이다.

암자 가는 산길은 금산면 소재지 마을 뒷밭부터 시작된다. 땀이 나면 등 뒤로 펼쳐진 바다를 보며 쉬고, 진달래꽃에 눈을 맑히며 쉬엄쉬엄 걸으면 된다. 도회지 삶의 타성으로 결코 빨리 오를 일도, 서둘 것도 없다.

산자락에 얹힌 바다안개처럼 무심히 어쩌지 못한 삶의 한 사연도 접어두는 게 좋으리라. 가파른 산길을 오르는 데는 발걸음만 무겁게 할 뿐이니까.

몸이 고단하면 때로 영혼이 맑아지는지도 모른다. 비바람 맞은 여린 신록의 나뭇잎들이 봄을 축복하는 빛깔인 듯 어느새 파래져 있지 않은가. 산길을 힘들게 오르다 보면 이런 깨침도 작은 기쁨이 아닐 수 없다. 그래서 다다른, 풍경 소리 뎅그렁거리는 깊은 암자임에랴! 목마른 이를 기다리고 있는 옹달샘과 그 곁의 표주박이 반갑고 고마울 뿐이다.

송광암은 고려 신종 3년(1200)에 보조 국사가 시창한 삼송광三松廣 중 하나라고 전해진다.

전설에 따르면, 보조 국사가 모후산母后山에서 절터를 잡고자 나무로 만든 세 마리의 새를 날렸는데, 순천 송광사 국사전과 여수 금오도金烏島에, 또 나머지 한 마리는 거금도 송광암에 날아와 둥지를 틀었다는 것이다.

어쨌든 법당 왼편의 국사봉國師峰을 보면 보조 국사와 어떤 식으로든 인연이 있는 암자인 성싶다.

"직장을 잃은 사람들로부터 전화가 많이 옵니다. 며칠 쉬었다 갈 수 없겠느냐고요. 저는 그런 분들에게 이 암자의 문은 늘 열려 있다고 말합니다."

스님의 얘기이다. 직장을 잃은 것도 가슴 아픈데 마음까지 잃으면 더 큰 일이 아니겠느냐며 조용히 웃는 스님을 보니 동시대를 함께 살아가고 있다는 생각이 든다. 불행한 이웃이 많아진 시대 이전에도 스님은 저잣거리 사람들을 위한 선禪 수련회에 몇 년째 지도법사로 참여해왔다고 한다. 여름에는 송광사에서, 겨울에는 이 암자에서 매주 3박4일씩 열어왔다는 것이다.

풍경 소리뿐 아니라 스님의 얘기에 머리가 맑아진다. 사람들을 만나면 문득 자신만 편하고자 암자 공간에 갇혀 사는 것은 아닌지 되돌아보게 된다는 스님의 고백도 나그네의 귀에 남는다.

그렇다. 스님이 왜 참선을 하고 수행하는지 그 이유는 자명하다. 선이 주는 행복의 비결을 누구하고나 더불어 나누고자 함이다. 선이란 사람들의 마음을 편케 해주는, 지식과 빵이 대신하지 못하는 그 무엇이 아닐까.

법당 앞의 철 늦은 동백꽃들이 선의 전언傳言처럼 절절히 붉기만 하다.

거금도 송광암　전남 고흥군 녹동(도양읍)에서 금진행 배를 20여 분 타고 가다가 금진에서 내려, 섬 안을 운행하는 시내버스를 타고 잠시 가다가 금산면 소재지에서 내리면 된다. 암자는 거기서부터 왼편 마을 뒤 산길로 30여 분 거리에 위치한다. 2011년도에 개통된 거금도 덕분에 자동차로도 이동이 가능해졌다.　**전화** 061-843-8488

우리는 한 뿌리에서
나온 이파리

두륜산 진불암

두륜산 암자를 보면 의문 나는 것이 하나 있다. 암자들이 남향이 아니고, 왜 하나같이 북향일까 하는 점이다. 그런데 그 의문은 진불암眞佛庵 마당에 서서 산 아래를 내려다보면 곧 해소된다. 두륜산 골짜기가 서쪽으로 발을 내밀고 있고, 그래서 암자들은 서해 한 자락과 눈을 맞추고 있는 것이다.

겨울이라고 하지만 산색은 만화방창萬化方暢 봄날같이 푸르다. 굴참나무, 느티나무, 단풍나무 등 낙엽수들이 잎을 다 떨구고 나목으로 서 있지만 동백나무, 조록나무, 굴거리나무, 북가시나무 등 상록수들이 산자락을 푸른 보자기처럼 덮고 있음이다.

진불암은 나한기도 도량이고 고려 초나 조선 초에 처음 지어진 작은 암자이다. 두륜산 주봉主峰의 가슴에 심장인 듯 자리 잡고 있는 것으로 보아 예사롭지 않은 명당 같은데, 해가 서해로 떨어지는 핏빛 일몰이 장관이란다.

서해로 떨어지는 핏빛 일몰이 장관인 두륜산 진불암

나와 남을 구별하지 않는 마음이야말로 우리가 영원히 사는 길이다

"법당의 나한님께서 스님들이 공부를 안 하면 벌을 주듯 일을 생기게 하여 시키고, 신도들도 신심이 없으면 밤에 머리끝이 쭈뼛거리는 무서움을 줍니다. 물론 잘 정진하는 사람에게는 한없이 너그러운 분입니다. 이러한 터이니까 언제 시간을 내어 며칠간 머물다 가시지요."

한 스님의 얘기를 듣고 난 후, 나그네도 법당으로 들어가 나한들을 친견해본다. 부처님과 다름없이 지혜를 갖춘 열여섯 분의 나한이 편하게 정좌해 있다. 방금 공양주 보살이 올린 마짓밥(부처님의 점심)을 드셨는지 약간은 졸린 듯한 표정이고, 식곤증을 즐기는 할아버지 얼굴 같기도 하다. 선가의 노고추老古錐를 연상시키는 표정이 아닐 수 없다. 노고추란 '끝이 닳아 무디어진 송곳'이란 선어禪語로서 무섭게 정진하는 단계를 넘어 원숙한 경지에서 노니는 도인을 가리키는 상징의 말이다.

뉴욕에서 왔다는 한 여인이 나그네와 의례적인 말 몇 마디를 주고받다가 여행 가방에서 책 두어 권을 꺼내온다. 나그네에게 저자 사인을 해달라는 것이다. 그러고 보니 그 책은 나그네가 쓴 성철 큰스님의 일대기인 장편소설 『산은 산 물은 물』이다. 두륜산 깊은 산중의 작은 암자에서 만나는 이런 인연도 진불암 나한님의 영험은 아닐는지. 어느새 나그네의 가슴에는 옹달샘 샘물처럼 기쁨이 솟는다. 스치는 바람 같은 인연이기는 하지만 한 줄기 기쁨이 가슴을 적셔주는 것이다.

그렇다. '인연'이란 말처럼 불가의 정신을 잘 나타내주고, 또한 우리들에게 친숙한 용어도 드물다. 다 알다시피 인因은 직접적인 원인, 연緣은 간접적인 원인이다. 열매가 있다면 씨앗이 '인'이고, 그것을 싹트게 한 햇볕이나 흙, 바람, 물 등이 '연'인 것이다.

우리 모두는 한 뿌리에서 나온 서로 다른 이파리 같은 존재이다

따지고 보면 우리 모두는 한 뿌리에서 나온 서로 다른 이파리 같은 존재이다. 본래는 나와 남이 없는 것이다. 무아無我란 이런 의미에서 나온 말인지도 모르겠다. 불행은 나를 고집하고 집착하는 데서 싹튼다. 진정한 자비심이란 나와 남을 분별하지 않는 열린 마음이 아닐까.

나그네는 나와 남을 구별하지 않는 마음이야말로 우리가 영원히 사는 길이라고 믿는다. 과거와 현재, 미래의 시간을 넘어서 계시는 무량수無量壽 무량광無量光의 아미타부처님이 되는 길이라고 생각하는 것이다. 하나의 생, 한 그루의 나무가 아닌 불멸의 생, 울창한 숲이 된다고 믿는 것이다.

두륜산 진불암 관음암 입구에서 시멘트 포장길을 타고 오르다가 왼편 숲길로 들어서서 조그만 다리를 지나면 약수터가 나타나는데, 바로 위가 진불암이다. 등산을 하려면 대흥사 경내 서산 대사 유물관을 지나 우측 골짜기를 타고 30여 분 오르면 된다. 좌측은 북암이나 일지암 가는 산길이다. **전화** 061-533-9289

미륵부처님도
난롯불을 쬐는 암자

두륜산 북미륵암

'대흥사' 하면 가장 먼저 떠오르는 스님이 한 분 있다. 바로 서산西山 대사 휴정休靜(1520~1604)이다. 임진왜란 때 승군 최고 지휘자가 되어 이런 유언을 내림으로써 대흥사가 선종과 교종을 통합한 서산종西山宗의 둥지가 되어 왔던 것이다.

"내가 죽은 후 가사와 바리때(스님 밥그릇)를 두륜산 대둔사大芚寺(대흥사의 옛 이름)에 전하라."

일주문 안의 부도탑들 가운데 자리한 서산 대사의 부도를 보니 문득 가슴이 서늘해진다. 이끼 낀 돌덩이로 침묵하고 있는 것이 아니라 어리석은 사람들을 향해서 사자의 소리로 할을 하고 있음이다.

'그대는 내 가사와 바리때를 보고서도 어찌 어리석게 사는고!'

그렇다. 스님의 가사와 바리때는 당신의 유언대로 오늘날 우리들에게 던지는 화두이다. 어리석은 자들에게 깨우침을 주고자 하는 당신의 묵언이다.

서산 대사의 가사와 바리때를 간직한 두륜산 대흥사의 북미륵암

그런데도 절을 찾는 대부분 사람들은 예의 없이 당신의 가사와 바리때를 한낱 과거의 유품 정도로만 알고 간다.

대흥사 스님들은 북미륵암을 줄여서 북암이라고 부른다. 처음 지어진 연대는 대흥사와 같다니 아마도 신라 말이 아닐까 싶다. 그러나 고려 초기인 11세기라는 설도 있는 것을 보면 정확한 창건 연대는 알 길이 없다.

나그네는 스님이 권유하는 대로 진불암에서 가는 길을 택하였다. 두륜산을 수평으로 질러가는 코스이므로 초행자에게 좋다는 설명을 들은 것이다. 산길은 과연 편하였고, 가는 길에 천년수天年樹와 만나는 것도 산행하는 이의 정복淨福이란 생각이 든다.

나이가 1천 세가 넘으신 천년수의 전설인즉, 하늘에서 쫓겨난 하늘처녀天女와 하늘청년天童이 다시 하늘로 올라가기 위해서는 하루 만에 불상을 조각해야 하였다. 하늘처녀는 북쪽 바위에 '앉은 미륵불'을, 하늘청년은 남쪽 바위에 '선 미륵불'을 조각해야 하였던 것이다. 그런데 하루 만에 불상을 조각한다는 것은 불가능한 일이었으므로 하늘처녀와 하늘청년은 꾀를 내었다. 해를 천년수 나뭇가지에다 끈으로 매달아놓으면 며칠을 넘길 수도 있음이었다. 이윽고 하늘처녀는 '앉은 미륵불'을 완성하고는 하늘로 먼저 올라가고픈 욕심에 하늘청년의 조각이 끝나기를 기다리지 못하고 해를 매단 끈을 잘라버렸다. 그리하여 하늘처녀는 하늘로 올라갔고, 하늘청년은 남쪽 바위에, '선 미륵불'을 완성하지 못한 채 지상에 머물고 말았다는 얘기이다.

북암 가는 길에 또 하나의 정취라면 동백꽃을 보는 재미를 빼놓을 수 없다. 동백꽃들이 마치 하늘청년이 그리워 흘리는 하늘처녀의 눈물처럼 붉게 피어나 있는 것이다. 비록 욕심에 눈멀어 사랑하는 하늘청년을 두고 하늘

하늘처녀와 하늘청년은 하늘로 돌아가기 위해 해를 천년수에 매달아놓고 불상을 조각했다

가슴을 훈훈하게 녹여주는 동백꽃의 순정한 모습

에 먼저 갔지만 어찌 한때의 실수를 두고두고 후회하지 않으리.

가슴이 있는 남자라면 누구라도 벌써 하늘처녀를 용서하였을 것 같다. 마치 하늘처녀의 깊은 후회가 피눈물로 응고된 것 같은 동백꽃이 저리 아름답지 않은가. 영하의 겨울이지만 가슴을 훈훈하게 녹여주는 순정한 모습이 아닐 수 없다.

어느새 암자에 이르러 용화전龍華殿 안의 보물 제48호로 지정된 '북미륵암 마애여래좌상'을 보자니 나그네의 상상이 문득 현실로 환치되는 느낌이다. 연꽃등이 매달린 방 안에서 미륵부처님도 추위를 타는 듯 석유난로를 준비하여 놓고 있는 것이다. 한 방울의 석유라도 아껴야 하는지 난로는 꺼져 있고, 드센 찬바람에 용화전 문풍지가 소리 내어 울고 있다.

별수 없이 나그네도 덜덜 떨면서 얼른 밖으로 나와 보물 제301호로 지정된 삼층석탑에 내리쌓인 햇살의 낱알을 만지듯 두 손을 내밀어본다.

두륜산 북미륵암　대흥사 경내를 오르면 숨 가쁘게 40여 분 걸리지만 진불암에서 오르면 20분 정도의 편한 산행이 된다.　**전화** 061-534-5502

바다를 가슴에 담아가라고
말하는 암자

돌산 향일암

　무엇이건 간에 변해갈 때는 쓸쓸함을 느끼게 마련이다. 암자도 마찬가지이다. 예전 모습 그대로 있어주어야 고향같이 여겨지는 것이다. 그러나 나그네는 최근에야 그런 마음도 주관에 대한 집착이라는 것을 깨닫는다.

　향일암向日菴도 도착해보니 예전의 기억을 뒤집는다. 예전에는 임포까지 차가 들어갔는데 지금은 그렇지 않다. 새로 조성한 주차장에서 내려 한참을 걸어야 한다. 가는 길에 돌산의 특산물인 갓김치를 맛보지 않았더라면 좀 멀게 느껴졌을 것 같다. 입안에서 톡 쏘는 갓김치 특유의 맛을 나누고 싶어 친지들에게 택배로 보낸다. 밋밋한 삶에도 때로는 톡 쏘는 악센트가 있어야 한다. 그래야 삶이 지루하지 않고 유연해질 테니까.

　암자로 가는 길도 예전의 산길에서 돌계단으로 변해 있다. 하긴 먼저 들른 불일암도 마찬가지였다. 법정 스님이 계시는 동안엔 무엇 하나 변하지 않을 것 같았는데, 출입하는 입구의 위치가 바뀌었고, 예전에 없던 대나무

문도 보인다. 공양간도 입식 부엌으로 변해 있다. 암자를 돌아가면서 지키는 법정 스님의 상좌스님들의 마음이 읽히는 변화였다. 법정 스님께서 자주 앉으셨던 참나무 의자는 이제 비스듬히 기울어 있었다. 빈 의자도 세월의 무게와 고독을 어쩌지 못하는 모양이었다. 변하지 않은 것이 있다면 암자 마당에서 보이는 푸른 대밭과 조계산 자락의 산색이었다.

그렇다. 어찌 산이 변할 것인가. 어찌 바다가 변할 것인가. 산이나 바다는 무심하고 언제나 한결같다. 향일암에서 내려다보이는 바다는 그때나 지금이나 푸르고 아득하다. 고깃배들이 하얀 포말의 선을 긋지만 곧 지워지고 만다.

나그네도 고깃배처럼 만선의 소망을 꿈꾸어본다. 올 한 해를 어떻게 살 것인가. 그러나 곧 그런 상념을 접는다. 향일암의 무심한 바다를 가슴에 담아가고 싶다. 암자의 관세음보살님도 바다를 가슴에 담아가라고 말씀하시는 듯하다. 저잣거리로 돌아가서 삶이 힘들거나 가슴이 허전해질 때마다 바다를 꺼내 보라고 화두를 던지시는 것 같다. 예전에 들렀을 때는 느끼지 못했던 관세음보살님의 화두이다.

속가의 형님 같은 화엄사 구층암 명완 스님께서 신도들과 사형 사제를 잘 외호하는 향일암의 종삼 스님을 꼭 만나보라고 했는데, 스님이 출타 중이어서 그러지 못한 것이 아쉽다. 명완 스님의 말씀대로라면 가슴이 바다처럼 넓은 스님이 아닌가 싶다. 다음에 올 때는 스님의 바다를 엿보고 싶다.

어느 일간지에 쓴 향일암 순례기를 보니 풋풋하긴 하지만 어딘지 땡감 맛이 나 떫기도 하다. 예전의 순례기를 떠올리며 추억에 잠긴다.

돌산대교를 건너면서부터 향일암 가는 길은 시작된다. 정겹고 포근한 것이 동무 집을 찾아가는 느낌이다. 암자가 있는 미니 포구 임포까지는 23킬

향일암에서 내려다보이는 바다는 그때나 지금이나 푸르고 아득하다

로미터. 우리나라 섬의 길치고는 무척 먼 길이다. 그래서인지 암자는 꼭꼭 숨은 듯 보이지 않고 이런저런 섬의 풍광이 먼저 나타난다.

푸른 비단 같은 한려수도 한 자락이 드러나기도 하고, 포구에서 졸고 있는 목선들이 보이는가 하면, 갓김치 공장이 나타나 입에 침이 돌게 하고, 가로수로 심어진 동백들이 붉은 하품을 터뜨리고 있기도 한 것이다.

이윽고 암자의 추녀 끝이 보이는 임포에 도착하여 바다를 응시해본다. 일망무제의 바다를 보니 솔직히 마음이 좀 찔린다. 명부전의 업경대業鏡臺 같은 거울이 되어 욕심에 찌들고, 어리석고, 화 잘 내는 나그네의 모습을 여지없이 비춰주고 있기 때문이다.

암자 입구에는 거대한 두 개의 바위가 '좁은 문'처럼 버티고 있다. 한 사람이 지날 수 있을 만큼만 열려 있는데, 왜 그럴까. 암자 밖에서 욕심의 체중을 감량하고 들어오라는 말없는 바위의 경책인 성싶다.

향일암은 신라 선덕여왕 13년(644) 원효 스님이 창건할 당시에는 원통암 圓通庵이라고 부르다가, 이후 고려 때는 금오산의 산명을 따라 금오암金鰲庵, 조선 숙종 때 다시 지금의 이름으로 개칭하였다고 한다. 관음 기도처祈禱處 인지 암자에는 관음전觀音殿이 두 동 있는데, 어느 곳에서든 모두 바다가 한눈에 들어온다. 특히 아래 관음전 모퉁이에 숨은 동백은 다른 꽃보다 꽃망울을 더 빨리 터뜨리는데 수줍은 꽃잎과 서로 윙크를 하는 은밀함도 정복 淨福이다. 그러나 뭐니 뭐니 해도 암자의 진면목은 일출의 광경이라는 비구니스님의 자랑이다. 그런 풍광은 스님들의 간절한 기도이기도 한 범종 소리가 바다 멀리 퍼져나간 후부터 시작된다고 한다. 범종의 기별을 듣고 난 태양은 오케스트라의 지휘자처럼 무대에 올라 금발을 휘날리며 '날마다 좋은 날'이라고 광명의 신천지新天地를 펼쳐보인다는 것이다.

위 관음전은 원효 스님이 수도하였다고 전해지는 곳이다. 법당의 문을 열고 들어가 보니 두 비구니가 기도를 하고 있다. 저 앳된 수행자는 관세음보살을 향하여 무슨 기도를 하고 있을까. 얼굴은 옥처럼 해맑고 두 눈은 바닷물이 든 듯 푸른빛이 감돌고 있다. 그러고 보니 수행과 기도란 '맑은 눈'을 지키고자 하는 간절한 그 무엇일 것만 같다.

햇볕에 그을려 얼굴은 검지만, 역시 '맑은 눈'을 가진 시골 젊은이가 나그네를 졸졸 따라다니더니 이렇게 말한다.

"저 아랫마을의 큰 동백나무는 사람들에게 제사를 받지요. 내려가시는 길에 꼭 보고 가세요."

그러나 나그네는 하산길이 바빠 젊은이의 권유를 접어둔 채 다음 기회로 미루고 임포항으로 향하고 만다. 늙은 동백나무에 제사를 지내기는 아마 유일한 마을일 것이다. 당산나무인 느티나무나 소나무가 동네 초입에서 수호신처럼 동제洞祭를 받는 경우는 우리 땅 어디서나 흔한 일이지만 말이다.

돌산 향일암 여수시와 돌산읍을 잇는 돌산대교에서 임포까지 승용차로 30분, 주차장에서 암자까지는 걸어서 20분 정도 걸린다. 전화 061-644-4742

우주 안의 우리는
한 뿌리

지리산 약수암

실상사 초입의 해탈교를 건너니 양쪽에 서 있는 돌장승들이 나그네를 맞아준다. 대부분의 장승이 수호신의 신분을 내세워 텃세를 부리듯 무서운 얼굴을 하고 있는데, 이곳의 장승은 친절하고 익살스러운 표정이다. 약수암藥水庵은 실상사의 산내암자이다.

실상사 쪽에서 보자면 왼편으로 1킬로미터 떨어진 지리산 자락에 자리한 암자로 경종 4년(1724)에 천은 스님이 처음 지었다고 한다. 암자 이름을 약수암이라고 붙인 것은 지리산 약수가 나는 곳이기 때문이라 하고.

실상사 스님의 설명을 들어보니 암자로 가는 길은 두 갈래이다. 승용차가 갈 수 있게끔 닦여진 길이 있고, 말 그대로 오솔길이 있다. 오솔길은 이제 옛길이 되어버렸지만 그래도 산길의 정취를 맛보려는 사람들에게는 오래오래 사랑받을 것 같다.

"저는 약수암을 갈 때 이 산길을 이용합니다. 이처럼 암자로 가는 아름다

산길의 정취를 사랑하는 이들을 맞아주는 약수암 가는 길

운 산길은 이제 없을 겁니다. 오솔길이 사라지는 것도 가슴 아픈 일입니다."

몸이 불편한 듯 아직도 동절기 승복을 입고 있는 스님의 자랑이 아니어도 산길에 들어서 보니 과연 그렇다. 솔바람 소리와 솔방울이 함께 뒹구는 오솔길이다. 나무 그늘이 알맞게 드리워져 걷기에도 안성맞춤이다.

오솔길 머리에 있는 부도들은 거창하지 않고 소박한 느낌을 주어 산길과 잘 어울리고 있다. 부도 중에서도 나그네의 뇌리에 남는 것은 편운탑片雲塔이다. 편운 부도탑에는 '정개십년경오세건正開十年庚吾歲建'이라는 명문이 보인다.

여기서 '정개'는 신라와 중국, 발해에도 없는 연호로서 후백제 견훤의 연호로 추정되는데, 자못 흥미롭다. 실상사를 창건한 홍척洪陟 국사가 신라 흥덕왕 때의 스님이고 그 제자가 수철秀澈(실상사 제2대 조사)과 편운인데, 왜 편운 스님만 후백제의 연호를 사용하였는지 미스터리가 아닐 수 없다.

암자는 스님이 출타 중인 듯 사립문이 닫혀 있다. 문을 밀자 개 두 마리가 컹컹 짖는다. 한참 만에야 스님이 나와 나그네를 맞는다. 그러나 작은 개를 보더니 얼굴색이 흐려진다. 개 한 마리가 피를 흘리며 절룩거리고 있는 것이다. 개 이름은 '청산'이다. 스님이 방 안으로 들어가더니 승복 조각인지 잿빛의 헝겊을 가지고 나와 지혈을 해준다. 산짐승과 싸워 다친 줄 알았는데 그게 아니란다. 발바닥이 예리한 무엇에 찔려 피를 흘리는 것이다.

"산짐승이 청산이의 발바닥을 물 리가 없습니다. 등산객들이 술병을 던져 깨진 병 조각에 다친 것이 분명합니다."

나그네는 스님들이 개 발바닥을 치료하는 동안 그 유명한 약수를 마셔 본다. 그러나 청산이의 상처 때문인지 물맛이 안 난다. 말 못하는 짐승이

피를 흘리며 절룩이고 있는데, 아무리 유명한 약수암의 약수라 하더라도 무슨 물맛이 나겠는가. 술병을 산에 버리는 등산객들이 야속할 뿐이다.

그러고 보면 우주 안에 있는 우리는 한 뿌리인 모양이다. 청산이와 나그네에게 무언가 연대가 있기 때문에 아픔을 같이 느끼고 있는 것이 아닐까. 자비, 사랑 등 이런 단어야말로 상대적인 개념이 아닌 절대적인 무언가의 연대를 나타내는 말이 아닐까 싶다.

그러나 우리는 이러한 연대를 잊고 사는 것은 아닐는지. 그러기에 빈 술병이 무심코 미물이 살아가는 산자락에 던져지는 것이리라.

암자 뒤에 딸려 있는 보광전으로 가본다. 보물 제421호로 지정된 '약수암 목조탱화'를 구경하기 위해서이다. 약수암 목조탱화는 정조 6년(1782)에 만들어진 목각탱으로 조선 후기의 대표작이라고 하기에 부족함이 없는 작품이다. 대표작이라고 표현은 하지만 신앙의 대상이기에 그 이상이다. 나그네도 목각탱화를 무심히 바라보다가 신심에 취해 3배를 올린다.

지리산 약수암 암자는 실상사 왼편 산자락에 있는데, 비포장 승용차 길과 오솔길이 있다. 승용차로는 10여 분, 오솔길은 걸어서 40분 정도 걸린다. **전화** 063-636-3031

달빛에 돌탑이
눈을 뜨네

지리산 백장암

이제는 초여름의 신록이 꽃처럼 눈길을 잡는다. 암자의 수행자들이 왜 꽃보다 신록을 좋아하는지 비로소 다시 접어든 지리산 자락에서 의문이 풀린다. 꽃은 화려하고 혼이 달아나는 것 같고, 신록은 담백하나 혼이 스며 있는 빛깔인 것이다.

남원시 인월에서 가자면 백장암百丈庵이 더 가깝지만 굳이 실상사를 먼저 가본다. 백장암의 큰집이 실상사일 뿐 아니라, 그곳에 개설한 귀농학교가 나그네는 진작부터 궁금했기 때문이다. 백장암 이정표를 지나 함양군 마천으로 흘러가는 계곡물을 따라가다 오른편을 보니 바로 소박한 실상사가 눈에 들어온다. 주위에 형성된 수만 평의 논밭을 보니 절이 마치 농부들의 안식처 같다.

이런 자연환경 때문이었을까. 전국에서 맨 먼저 이곳 스님들이 '귀농학교'를 개설한 것이다. 하긴 전국의 산중 큰 사찰치고 논밭이 딸리지 않은 곳이 없을 터이고, 지금이야말로 불교가 귀농 희망자들에게 도움을 줄 절호의 기회가 아닐까. 입으로만 자비를 말할 게 아니라 몸으로 실천할 일이다.

스님(불교귀농학교 교장)의 얘기에 의하면 농사일도 배우고, 자신이 살 흙집도 지어봄으로써 농촌 생활에 대한 적응력을 키우는 것이 귀농학교의 목적이라고 한다.

스님에게 이런저런 얘기를 듣고 있는데, 백장암 암주 스님이 남원장터를 들러 오는 길이라며 암자에 오르자고 한다. 잘 알려져 있다시피 백장암은 홍척洪陟 선사가 신라 홍덕왕 3년(828)에 창건한 실상사의 참선 도량이고, 암자 이름이 된 백장은 "하루 일하지 않으면 하루 먹지 말라"라는 유명한 법문을 남긴 중국의 선승. 암자 이름에는 어떤 수행자라도 하는 일 없이 놀고먹지 말라는 백장의 준엄한 꾸지람이 담겨 있는 것이다.

승용차로 길을 되돌아와 백장암 이정표를 다시 보니 암자까지 '1.1km'라는 글씨가 보인다. 걸어 올라야 암자 가는 맛이 나겠지만 한 신도가 운전하는 차를 얻어 타고 멋쩍게 산길을 오른다. 산모퉁이를 몇 굽이 돌고, 이끼 낀 돌탑 옆을 지나 청정한 대숲을 뚫고 들어서니 암자가 눈앞에 있다.

암자는 참선 도량답게 선원이 가장 크고, 선원을 중심으로 작은 법당과 토굴 등이 자리하고 있다. 두말할 필요 없이 암자의 매력은 작다는 것이다. 규모가 절 같은데도 '암庵' 자가 붙어 있으면 왠지 억지를 부리는 듯하고, 군살이 지나친 비만아처럼 보여 어색하다. 그렇다고 암자의 형상에 비례해 그것의 시계視界마저 작은 것은 아니다. 안에서 밖을 보면 작다는 느낌이 순식간에 사라지고 만다.

"백장암의 백미는 지리산 조망에 있습니다. 오른쪽에 보이는 지리산 천

암자는 그저 형상일 뿐, 암자의 문은 하늘을 향해 열려 있다

황봉에서 왼쪽의 반야봉까지 무려 30킬로미터에 이르는 준령들이 한눈에 들어오지 않습니까?"

스님의 자랑이다. 그렇다. 암자는 그저 형상일 뿐, 암자의 문은 하늘을 향해 열려 있다. 그러니 암자에서 수행하는 스님들은 조그만 방 안에 갇혀 있는 게 아니라 우주를 향해 눈길을 주고 있는 사람들인 것이다.

소쩍새가 우는 밤이 되자, 스님이 삼층석탑(국보 제10호)과 석등(보물 제40호)이 있는 곳으로 안내해준다. 달빛 아래 서니 문득 삼층석탑의 진면眞面이 보인다. 비로소 돌에 양각된 하늘사람과 보살들이 그림자를 만들며 살아 움직인다.

그러고 보니 탑이나 석등은 한낱 낮의 장엄물이 아니라 밤의 놀이 문화 상징물이기도 하였다. 탑은 그 기원을 떠나 후대로 내려오면서 옛사람들의 친근한 벗이었음이다. 석등에 불을 환히 밝히고 마을의 처녀 총각들이 강아지를 앞세우고 탑돌이를 한마당 흥겹게 하였던 것이다. 그런데 오늘날의 탑은 땀내 나는 삶과 동떨어져 국보 몇 호, 보물 몇 호 등의 이름표를 달고 유물 대접을 받고 있다. 삶의 중심에서 점점 비껴나고 있으니 애석한 일이다.

석등과 탑은 달밤에 볼 일이다. 탑의 몸돌과 지붕돌의 균형이 어쩌느니 미술사가처럼 따지지 말고 혼자라도 콧노래 부르며 탑을 돌면서 말이다. 법당의 근엄한 부처님도 흥에 겨워 슬며시 내려와 사람들 틈에 끼어 탑돌이를 하였다는 얘기도 있지 않은가.

지리산 백장암 남원시 인월에서 함양군 마천 가는 길로 가다가 산내면 대정리에서 왼편 산길로 30여 분 오르면 된다. 전화 063-636-3598

마루에 뿌려진
눈가루 보석

치졸산 태조암

함박눈이 내리쌓인 산길을 왜 승용차로 오르려 하였을까. 이것 역시 편리함과 속도에 길들여진 나그네의 관성이 아닐까. 하늘에서 퍼붓는 이때의 눈발은 문명에서 자연으로 돌아가보라는 하늘의 충고인지도 모른다.

그런데도 나그네는 설경의 하얀 태조암太祖庵을 떠올리며 후배를 앞세워 승용차에 감발하듯 쇠줄을 감고 길을 나선다. 마침 적설차가 모래를 뿌리며 앞서가고 있다. 힘겹게 고개를 넘어가는 시외버스를 유도하고 있는 것이다. 그러나 어느새 모래 위에는 다시 눈이 내리쌓이고 만다. 힘이 모자란 나그네의 승용차는 가파른 길에서 헛바퀴를 돌리기만 하고.

할 수 없이 나그네와 후배는 승용차를 고개 밑에 두고 눈길을 걷기로 한다. 멀리, 눈발 속에 흐려진 암자의 원경遠景이 보이지만 슬며시 겁이 나기도 한다. 위봉산성부터는 아예 왼편으로 난 암자로 가는 산길에 사람 발자국 하나 찍혀 있지 않은 것이다.

가난을 불편해하지 않는 늙은 스님들의 암자 태조암

태조암은 위봉사의 산내암자로서 고려 말에 나옹 스님이 창건하였다는 설도 있고, 태조가 조선을 개국한 후 이를 기념하기 위하여 지었다는 구전도 전해지고 있다. 그러니까 고려 말에서 조선 초까지 위봉사 산내암자가 10동棟이나 되었다고 하니 그중 하나일 것이다.

내리쌓인 눈에 푹푹 빠지며 산길을 얼마쯤 오르니 짐승의 발자국이 반갑게 보인다. 아마 먹이를 찾아 산 아래로 내려간 토끼네 가족일 것이다.

산성에서 40여 분쯤 설국雪國을 찾아 나선 탐험가처럼 걸었을 것이다. 눈을 힘겹게 이고 선 암자가 보이고 있다. 입구에서 땀을 닦는데 가까운 곳에서 새소리 같은 게 들려온다. 고개를 돌려보니 바로 옆에서 눈의 무게를 견디지 못하여 휘어졌다가 다시 일어서는 대나무들이 나그네를 반기는 소리이다.

인기척을 내도 스님은 보이지 않고 암자는 눈보라에 내맡겨져 있다. 토방에 벗어놓은 신발에도, 마루에도 열린 문틈으로 날아온 눈송이들이 보석처럼 뿌려져 있는 것이다. 누구의 시에 나오는 구절이던가. 나그네는 암자의 이런 가난하고 시린 풍경에 그리운 애인 만나듯 가슴이 설렌다.

> 양기산의 거처
> 지붕과 벽 엉성하니
> 방 가득 뿌려진 눈의 구슬!
> 그러나 목 움츠리어
> 가만히 탄식하며 생각노니,
> 나무 밑에 거처하신 부처님의 일.

수행자들은 우주를 향해 눈길을 주는 사람들이다

우리의 생각이 변덕을 부릴 뿐, 본래 더러운 것도 깨끗한 것도 없으리

수행하느라 거처가 허술해진 줄도 모른 사이 방 안에 눈이 구슬처럼 뿌려져 있는데, 이것마저 나무 밑에서 고행하신 부처님에 비교하면 목이 움츠러들 정도로 부끄럽다는 옛 선사의 시인 것이다.

　　"선방을 돌아다니다 1991년부터 태조암에 머무르게 되었어요. 젊은 스님들은 이곳을 떠나고 말지만 늙은이는 이런 한가한 데가 좋아요. 그래서 늙은이 둘이서 살고 있지요."

　　신경통을 다스리며 산다는 노비구니스님의 얘기이다. 절룩이며 과자를 내오는 모습이 마치 고향의 할머니 같다.

　　암자는 고향의 시골집처럼 소박하다. 반영구적이라 하여 청동기와를 얹는 시대에 마치 흑백사진 한 장을 보는 느낌이다. 그러나 나그네는 이런 장면이 부럽다. 오직 참선만이 자신의 할 일이라며, 이런 가난을 불편해하지 않는 늙은 비구니스님이 좋다.

　　암자에서 조금 떨어진 화장실에도 눈송이들이 들이쳐 있다. 절로 통풍이 잘되고 보니 배설물의 냄새는 전혀 없다. 불구부정不垢不淨. 나그네의 한 생각이 변덕을 부릴 뿐, 본래는 더러운 것도 깨끗한 것도 없으리. 그런데도 휴지에 얹힌 눈을 탁탁 털고 볼일을 보자니 거듭 진저리가 쳐진다.

　　치졸산 태조암　전주에서 버스가 자주 다닌다. 완주군 소양면 대흥리에 있으며, 위봉산성 문에서 왼쪽 산길로 40분쯤 걸어가면 암자에 다다른다.　전화 063-243-6885

지금 여기서
주인공 되는 삶을 살자꾸나

내장산 벽련암

시간이란 달리는 기차와 같다. 우리는 각자 소망하는 목적지에 이르기 위해 시간의 기차를 타고 가야 한다. 그러나 기차를 타지 못하고 허둥대는 사람이 있다. 그런가 하면 가까스로 정거장에 도착해 곧 출발하는 기차를 타고서 안도의 숨을 내쉬는 사람도 있다. 그때마다 사람들은 다짐한다. 다음부터는 미리 정거장에 와서 기차를 기다려야지, 하고. 하지만 그런 다짐은 어느새 휴지 조각처럼 버려지고 만다.

그렇다. 시간이란 인정도 없고 사정도 봐주지 않는 기차와 같다. 그래서 사람들은 시간을 쫓아가거나 시간에 쫓기며 울고 웃는다. 나그네도 같은 경험을 하며 산다. 잠깐 한눈판 사이에 시간은 어디론가 새어나가버리곤 없다.

시간으로부터 자유로워지는 방법은 없을까? 암자에서 정진하는 수행자들을 보면 시간을 쫓아가지 않는 모습이다. 편안하고 여유가 있어 보인다.

그렇다고 수행자들이 시간을 외면하고 살지는 않는다. 저잣거리에 사는 우리와 달리 그들은 자신과의 약속을 더욱 엄격하게 지키고 주어진 질서 속에서 산다. 우리들이 달콤한 잠에 빠진 새벽 시간에 수행자들은 눈 비비고 일어나 도량을 돌며 목탁을 치고, 우리들이 퇴근해 자의 반 타의 반 한잔 술을 기울이고 있을 때 그들은 범종을 치고 저녁 예불을 한다. 암자의 빈틈없는 일과는 수행자들을 불편하게 하지 않는다. 오히려 수행자들의 얼굴에는 미소가 깃들어 있고 눈빛은 맑다. 그렇다. 시간은 자신과의 약속을 지키는 사람에게는 자유가 되고, 자신과의 약속을 부도내는 사람에게는 속박이 된다.

겨울의 내장산은 수행자들의 얼굴처럼 해맑고 그윽하다. 지난가을, 단풍이 한창일 때 몰려든 사람들의 발자국과 소음은 찬바람과 눈보라로 비질된 듯하다. 산길은 정오의 시간인데도 적막하고 고즈넉하다. 벽련암碧蓮菴을 가려면 내장사 일주문에서 오른편 산길을 타고 오르면 된다.

백제 의자왕 20년(660) 환해 선사가 창건해 백련사로 불리다가 조선 중종 때 폐찰령이 내려 소각되었다고 한다. 그러던 절이 조선조에 다시 중창되어 시인 묵객들이 들렀다 갔는데, 추사 김정희가 벽련암으로 고칠 것을 권유하고 현판을 써서 내걸었다고 한다. 이후 1925년에 학명 스님이 내장사를 옮겨와 크게 중수하고 벽련사로 개명하였으나 다시 한국전쟁 때 소실되어 절터만 전해오다가 최근에 암자 규모로 복원시켰다고 전해진다.

산길은 가파르지 않고 잘 닦여 있어 천천히 걷기에 안성맞춤이다. 사람들은 걷는 것을 불편해한다. 그러나 느릿느릿 걷는 것처럼 마음에 충만을 주는 행위도 드물다. 충만은 두 사람이 동행할 때보다는 혼자 산행할 때가

내장산은 수행자들의 얼굴처럼 해맑고 그윽하다

더하다. 아무 생각 없이 걷더라도 어느샌가 자기 자신에게 온전히 되돌아와 있음을 감지할 수 있다. 그때의 기분이란 어린 시절에 잃어버린 구슬을 풀숲에서 되찾았을 때와 흡사하다.

입을 다물고 있으면 자연은 더 많은 것을 보여준다. 산길 중간쯤에서 갑자기 산새들이 합창하는 소리가 들려 걸음을 멈추고 고개를 젖혀보니 감나무에 달린 까치밥을 놓고 새들이 즐겁게 식사하는 정경이 비친다.

나그네의 산중 처소에도 밭가에 감나무가 있어 감이 주렁주렁 매달렸다. 나그네는 새들 먹이로 그대로 놓아두고 싶었지만 아버지는 긴 대나무로 가지가지를 청소하다시피 하였다. 모조리 딸 줄 알았는데 그래도 서너 개를 남겨두시는 것을 보고는 미소를 짓던 그때가 떠오른다.

암자가 언뜻 보이자, 문득 추사는 왜 백련암이라 하지 않고 벽련암이라고 하였는지 궁금해진다. 벽련이란 '푸른 연꽃'을 뜻하는데, 스님들은 대개 '푸른 연꽃'을 말할 때 청련靑蓮이란 단어를 많이 사용한다. 단어 하나라도 자신의 수고를 얹고 싶어 한 추사의 고집스러운 태도가 느껴진다.

벽련암의 주위 풍경은 빛과 그림자가 대조를 이루고 있다. 정오의 햇살이 넘치는 서래봉은 빛으로 넘치고, 맞은편 봉우리들은 산 그림자로 그윽하다. 그리하여 골짜기는 푸른 연기 같은 이내로 넘쳐 마치 저물녘의 연못 같다. 이러한 풍광을 참고하여 추사는 벽련암이라고 하였던 것일까.

나그네는 법당 앞에 보이는 어느 수행자가 남긴 글귀에 눈길을 멈춘다.

　　　내 생애에서 가장 소중한 시간은 지금 이 시간이요
　　　내 생애에서 가장 소중한 사람은 여기 만나는 그 사람이요

암자의 수행자들은 시간을 쫓아가지 않는다

내 생애에서 가장 소중한 일은 '지금 여기' 만나는 그 사람에게
기쁨과 평화와 자비를 베푸는 일입니다.

옳은 말이다. 사람들은 '지금'이라는 시간의 소중함을 잘 모른다. 사람들은 '여기'서 만나는 사람과의 인연의 소중함을 잘 모른다. 사람들은 '지금 여기'서 만나는 사람에게 기쁨과 자비와 평화를 베푸는 일의 소중함을 절실하게 깨닫지 못한 채 살고 있는 것이다. 그런 이치를 깨닫고 살아가는 이야말로 자신의 생을 행복하게 사는 사람이 아닐까. 잠시 후가 아니라 지금 이 순간 우리 곁에 누가 있는지 다시 한 번 생각하고 간절하게 보낼 일이다.

지금이라는 시간 속에서 순정하게 살고, 여기서 나누는 삶을 한 몸인듯 더불어 열자. 내일이라는 시간은 미리 손짓하는 헛꽃일 뿐이고, 여기가 아닌 저기라는 공간은 가설무대 같은 것이다. 그렇다. 나그네 자신에게 권하노니, 지금 여기서 주인공 되는 삶을 치열하게 살자꾸나. 그리하면 질주하는 시간으로부터도 자유로워질 수 있으리니.

내장산 벽련암 호남고속도로에서 내장산 IC로 진입해 외길을 달리면 내장사에 다다른다. 내장사 일주문에서 왼편으로 난 산길을 8백 미터 정도 산행하면 아주 정갈한 벽련암이 나타난다. **전화** 063-538-3303

나한산 산봉우리 쳐다보니
세상 번뇌 흩어지네

나한산 만연사

'나한산 만연사'라는 편액이 붙은 일주문을 지나 누각 밑으로 난 계단을 오르니 눈앞에 대웅전이 나타난다. 대웅전 뒤로 펼쳐진 솔숲이 청청하다. 등걸이 붉은 낙락장송들이 신장님처럼 만연사를 외호하고 있다.

절은 대웅전을 중심으로 몇 채의 가람이 배치된 아담한 규모이다. 대웅전 오른쪽 추녀 끝에 선 배롱나무가 눈길을 끈다. 배롱나무 가지마다 붉은 연등이 매달려 있다. 햇살이 투과되어 마치 불이 켜진 듯하다.

고승들 중에는 화순 출신이 많다. 가장 먼저 떠오른 분이 진각眞覺 국사이다. 화순 사람들이 예부터 존경하는 분으로, 화순읍에는 진각로가 있다. 송광사(옛 수선사)에 주석하던 진각 국사가 만연사에 들러 시를 한 수 남기고 있다.

　　누가 이 터 잡아 처음 절을 지었을까

짓고 허물어지는 흥망이 몇 번이던가
유유히 흘러간 먼 세월의 사연들이여
오직 산문 앞 옛 회나무만 알고 있으리.

草創何人占此基 幾回成壞幾興衰
悠悠千萬年來事 惟有門前古檜知

시로 보아 만연사는 진각 국사가 출가한 해(1202) 전후로 지어진 것 같다. 대강백 권상로 박사가 편찬한 『한국사찰전서』에는 고려 희종 4년(1208)에 만연 선사가 창건했다는 기록이 보인다. 이후 주석한 화순 출신의 고승으로 조선 후기의 연담蓮潭 유일有一 선사가 눈에 띈다. 스님은 출가한 지 30년 만에 고향으로 돌아와 만연사 주지를 지내신 듯하다.

삼십 년 만에 고향에 돌아오니
눈에 보이나니 애처롭지 않은 곳 없네
뽕나무와 삼 심던 옛집은 누가 주인인가
대나무말 타던 친구들 반이나 가버렸네
내 말소리에 더듬더듬 기억을 하고
옛 이웃은 백발이 되어 붙들고 우네
그러나 즐겁게도 학문하는 이 많아
후배들이 이룬 일들 흐뭇하구나.

낙락장송들이 신장님처럼 외호하고 있는 나한산 만연사

연담 선사는 대흥사(옛 대둔사) 주지로 가 화순 동복 출신의 호의 선사, 해남 출신의 혜장 선사를 가르치면서 유배 온 다산 정약용과 시를 주고받으며 교분을 나눈다. 다산이 화순 출신의 스님들과 친숙하게 된 까닭은 아마도 과거에 급제하기 전에 만연사 산내암자에서 공부했던 인연 때문인 것 같다. 다산은 아버지 정재원이 화순현감으로 부임하자 함께 따라와 다음 해인 17세 때 만연사 동림암에서 한겨울에 얼음물로 세수하고 밤늦은 풍경 소리를 들으며『맹자』를, 형 정약전은『서경』을 공부했던 것이다. 다산은「독서동림사讀書東林寺」라는 시 한 수를 남기고 있는데, 동림암을 동림사로 잘못 구사하고 있지 않나 싶다. 『한국사찰전서』는 만연사 산내암자로 학당암, 침계암, 동림암, 연혈암을 기록하고 있기 때문이다.

화순 땅에 수도하는 절들 많아도
동림암이 특히 그윽하고 상쾌해라
깊은 숲과 골짜기 정취 사랑하여
잠시 부모님 봉양 미뤄두었네
가로놓인 다리 푸른 시내 건너고
걸어서 천천히 푸른 산에 올랐어라
응달진 기슭에 잔설이 쌓였고
언 이파리 상수리나무에 걸렸네
뒤돌아보면 티끌 번뇌 흩어지고
문 안에 드니 맑은 생각 피어나네.

십육나한처럼 만연사를 둘러싸고 있는 산봉우리들을 감상하고 있는데, 구면인 스님이 반갑게 맞이한다. 요사채 차방茶房으로 들어 다승茶僧의 길을 가는 스님의 말씀을 듣는다.

"우리 절에 찾아오시는 분들에게 저는 차를 우려줍니다. 이 차방에 앉아 있으면 마음이 편해진다고 합니다. 그렇습니다. 절은 마음이 편안해야 합니다. 마음을 묶어두는 곳이 아니니까요. 바람처럼 자유롭게 드나드는 곳이 절입니다."

다산은 동림암에서 『맹자』를 공부하다가 끼니때가 되면 만연사 공양간을 찾아와 밥을 먹었을 것이다. 뿐만 아니라 만연사의 음덕은 훗날 소리꾼에게도 이어진다. 일제강점기에 〈쑥대머리〉를 불러 세상을 놀라게 한 가왕歌王 임방울도 화순 능주에 사는 공창식 선생의 소리를 전수받는 동안 만연사 계곡 폭포에서 독공을 하여 나중에 득음했다고 한다.

누각에 올라 보니 오후 햇살이 흰 빨래처럼 널려 있다. 그윽한 산자락을 바라보는 시인 묵객이라면 누구라도 시 한 수를 짓고, 혹은 그가 소리꾼이라면 판소리 한 대목을 하지 않을 수 없을 것 같다. 가슴속 낭만을 촉촉하게 일깨우는 연꽃 형상의 만연사 산자락들이다.

나한산 만연사 서울에서 호남고속도로를 이용할 경우, 광산 IC를 나와 광주 제2순환로를 타고 화순 방면으로 직진하여 화순읍에서 전남대병원 쪽으로 가다가 터널을 지나자마자 좌측에 보문 만연사 입구 표지판이 보인다. 조금 더 달리다 유턴하면 된다. 부산에서 남해고속도로나 대구에서 88고속도로를 이용할 경우는, 동광주 IC로 나와 광주 제2순환로를 타고 화순 방면으로 직진하여 위와 같은 방향으로 운행하면 된다.
전화 061-374-2112

절은
절하는 곳이다

영구산 운주사

늦가을 오후 세 시쯤에 운주사 일주문을 들어선다. 절에는 늦가을의 적막과 바람 소리가 흐른다. 수십 기의 탑과 불상이 서로 다른 표정을 짓고 있다. 세상에 태어난 사연이 다르니 모양새도 같을 리 없다. 발밑에서 뒹구는 낙엽 하나도 그 빛깔과 크기가 다르다. 자연은 인간과 달리 복제를 허락하지 않는다. 모든 유무정물有無情物에게 개성을 준 것이다.

일주문 안쪽 오른편 산자락에 선 남루한 탑은 떠돌아다니는 방랑자를 닮았다. 마을 사람들은 갓처럼 생긴 옥개석이 너덜너덜하다고 하여 '거지탑'이라고 부른다. 미완의 탑이 분명하다. 그러나 운주사에서는 덜 다듬어진 탑과 불상들이 대접받고 있다. 세상을 지탱하는 이치가 바로 그것이다. 미완성이 있으니까 완성이 있다. 그런데도 사람들은 미완의 소중함을 모른다. 나는 거지탑 바위에 기대선 '거지부처' 앞에서 발걸음을 멈추고 합장한다. 저절로 절하게 하는 거지부처이다. 욕심도 사랑도 미움도 다 버린 무

수십 기의 탑과 불상이 서로 다른 표정을 짓고 있는 운주사

욕無慾의 얼굴이다. 이루고 싶은 꿈이 복잡한 나로서는 결코 닮지 못할 얼굴이다.

이번에는 내 키보다 훨씬 큰 구층탑(보물 제796호)을 만난다. 절하고 나니 직립한 나도 탑이 되는 느낌이다. 구층탑 뒤편에 있는 불상을 만나는 순간에는 나도 불상이 된다. 목이 잘린 불상이지만 편안하다. 이질감이 느껴지지 않는다. 내면의 내 영혼 역시 상처투성이가 아닌가. 운주사를 찾는 다른 사람들도 마찬가지이리라. 뭉게구름처럼 무리지어 왔다가 사라지는 사람들도 절 안에서는 미완의 탑이 되고 목이 잘린 불상이 된다.

그렇다. 자신이 탑이고 부처인 줄 모르고 천불과 천탑을 찾는다는 것은 어리석은 일이다. 운주사雲住寺의 이름대로 절에서 구름 한 조각을 찾는 것도 어리석은 짓이다. 자신의 인생이 바로 이 세상에 잠시 머물다 가는 한 조각의 구름이 아닌가. 운주사를 찾는 사람 모두가 운주사인 것이다.

합장하고 절하다 보면 돌집 불감佛龕에 계신 부처님(보물 제797호)을 만난다. 두 분은 서로의 등을 대고 앉아 계신다. 앞뒤로 앉아 의식이나 잔치를 치른 야외법당이었을 것이다. 화순군 문화재전문위원 심홍섭 씨의 설명이 흥미롭다.

"오래전 사진들을 조사해보니 도암면 마을 사람들은 운주사를 제집처럼 드나들었습니다. 결혼하면 반드시 신혼부부가 들러 탑돌이를 하고 기도했습니다. 마을의 큰 잔치도 운주사에서 했습니다. 운주사는 신명 나는 절이었습니다."

마을 사람들끼리 운주사에서 잔치 한마당을 여는 전통은, 일제강점기 때 사람들이 모이는 것을 꺼려한 일본인들에 의해 없어졌다고 한다. 이제는 마

을 사람들의 원찰願刹 격인 절과 마을 사람들 간의 소통과 유대가 회복돼
야 할 것 같다. 어디까지나 운주사의 가족은 선대부터 대대로 절을 찾았던
마을 사람들이기 때문이다. 마을 사람들도 출입할 때 관람료를 내는지 궁
금하다. 자비를 떠나 절 인심이 야박해서는 안 된다. 가족과 관광 손님을
구분했으면 좋겠다.

왼편 산자락에는 '칠성바위'와 '칠성탑'이 있다. 이곳 역시 마을 사람들이
즐겨 찾았던 장소일 것이다. 하늘의 북두칠성을 산자락에 모셔놓고 빌었음
이 분명하다. 와불을 친견하러 가는 길에 문득 운주사의 창건이 궁금해진
다. 심홍섭 씨는 정설이 없다고 한다.

"나주평야 호족이 후백제 유민들과 함께 새 세상을 꿈꾸며 창건했다는
설, 도선 국사가 풍수지리적으로 국운 융성을 위해 창건했다는 설, 정착한
몽고군들이 창건했다는 설, 심지어는 장보고를 추모하기 위해 창건했다는
설까지 참으로 다양합니다."

입장이 다르니 모두가 정답이고 오답이다. 그러나 나는 '머슴미륵侍衛佛'
위에 계신 두 분의 와불을 보는 순간 도선 국사와 관련 깊은 절이 아닐까
짐작해본다. 두 분의 와불 중 듬직하게 생긴 부처님은 지권인智拳印을 한 비
로자나불인데, 도선 국사의 고향인 영암 왕인 박사 유적지의 석상石像도 지
권인이고, 도선 국사가 머물다 간 지리산 정령치 마애불도 지권인을 하고
있기 때문이다. 내 눈으로 직접 확인한 사실이니 자신 있게 말할 수 있다.
중생과 부처가 하나라는 뜻으로 두 손을 마주 잡은 수인手印이 지권인이다.

전설은 와불을 더욱 친근하게 하고 있다. 하늘의 석공들이 하룻밤 사이
에 천불 천탑을 만들고 난 뒤 와불을 일으켜 세우려 하는데, 일하기 싫은

와불이 일어나는 날 새 세상이 열릴 것이다

분별하는 마음을 벗어던지면 장엄한 화엄의 바다가 보이리라

자신이 탑이고 부처인 줄 모르고 천불과 천탑을 찾는다는 것은 어리석은 일이다

사미승이 '꼬끼오' 하고 닭 울음소리를 흉내 내어 석공들이 하늘로 돌아갔다는 이야기다. 여기에 와불이 일어나는 날 새 세상이 열릴 것이라며, 전설은 '희망의 노래'를 덧붙이고 있다.

마침 석양의 노을이 와불의 얼굴에 내려앉고 있다. 저 노을이 몇 번을 내려앉아야 새 세상이 열리는 것인지 나로서는 막막하다. 새 세상이 오기를 기다리는 사람은 떨어지는 낙엽 하나도 시간으로 느껴질지 모른다. 한 번 떨어지는 것이 1년이라면 얼마나 많은 낙엽이 흙으로 변해야 새 세상이 열릴까. 선가禪家에 일념一念이 만년 가도록 정진하라고 했다. 우리 모두가 때 묻지 않은 열망의 한 생각을 천년인 듯 만년인 듯 껴안을 수 있다면 그것이 바로 지금 여기에서 이루어지는 가슴 벅찬 새 세상의 개벽이 아니겠는가.

나무계단을 이용해 대웅전으로 내려간 나는 또 '벼락 맞은 탑' 앞에서 합장한다. 대웅전까지 오는 동안 절을 몇 번이나 했는지 셀 수 없다. 절을 받을 부처님은 또 있다. 대웅전 오른편 뒤쪽 '부부 부처'이다. 오늘따라 부부 부처의 얼굴에도 노을이 술처럼 익어 발그스레하다. 예전에는 서로 어깨를 기대어 금슬이 좋게 보였는데 지금은 각자 무뚝무뚝하게 서 있다. 잠시 부부싸움 중인 모양이다.

'명당탑'을 지나 불사바위에 오르면 움푹 팬 좌선대가 있다. 거기에 앉아야만 운주사가 한눈에 보인다. 정호승의 「운주사에서」라는 시가 나도 모르게 읊조려진다.

꽃피는 아침에는 절을 하여라
피는 꽃을 보고 절을 하여라

걸어가던 모든 길을 멈추고
사랑하는 사람과 나란히 서서
부처님께 절을 하듯 절을 하여라.

꽃 지는 저녁에도 절을 하여라
지는 꽃을 보고 절을 하여라
돌아가던 모든 길을 멈추고
헤어졌던 사람과 나란히 서서
와불님께 절을 하듯 절을 하여라.

  사람들은 운주사의 불상과 탑들을 보고 못생겼다고도 하고, 어딘가 부족해 보인다고도 한다. 그러나 누구라도 좌선대에 앉아 분별하는 마음을 벗어던져보라. 눈과 코와 입이 어수룩하고 희미한 그것들을 껴안고 있는 운주사가 얼마나 장엄한 화엄의 바다인지 알게 되리라. 홀연히 '나'라는 교만을 버리게 하고, 절하게 하는 곳이 운주사임을 깨닫게 되리라.

영구산 운주사 승용차를 이용할 경우, 호남고속도로 동광주 IC에서 제2순환도로를 이용해 광주대학 방향으로 가다가 화순도곡온천을 지나 운주사에 도착하는 길이 가장 빠르다. 버스는 광주종합버스터미널에서 운주사행을 타면 된다. 40분 간격으로 하루 34회 운행되고 있는데, 1시간 10분 정도 소요된다. **전화** 061-374-0660

경상남도

차 달이는 연기가
암자를 물들이네

매화나무가 깊은 산중에 숨는다 할지라도
골짜기를 타고 흘러가는 자신의 향기는 숨길 수 없다.
말 없이도 말씀이 이루어지는 그 향기야말로 법문이리라.

봄비와 함께 가는
피안행

지리산 국사암

봄비가 오락가락하자, 만개한 벚꽃들이 세설細雪처럼 떨어지고 있다. 옥같은 꽃잎들이 봄비를 따라 흩날리고 있는 것이다. 농부들에게는 단비라고도 불리는 봄비가 순백의 꽃비로 바뀌어 내리는 모습이다.

뿐만 아니다. 지리산 산록에 머무르다 화개천까지 내려온 비구름을 어찌 작은 물방울의 집합체라고만 부를 것인가. 벚꽃이 지는 이 순간에, 이번에는 비구름 자락들이 벚꽃 숲 같은 빛깔로 장관을 연출하고 있는 것이다.

스님들 사이에서는 토종 벚꽃을 피안행彼岸行이라고 하는 모양이다. 잘 알다시피 피안이란 고달픈 현실의 강 저쪽의 안락한 곳. 그러니까 붉은 기운이 보일 듯 말 듯 섞인 일본산 벚꽃과 달리, 토종의 그것은 백옥같이 하얀 빛깔로써, 보는 순간 현실의 시름을 바로 잊게 해준다고 하여 그런 별칭으로 부른단다.

비가 내리는데도 벚꽃 구경을 하러 나선 인파는 끝이 없다. 어느 순간에는 승용차들이 아예 멈춰 서 있다. 그러나 다른 길에서처럼 클랙슨을 빵빵 거리거나 슬쩍 앞서가려는 얌체족은 보이지 않는다. 하긴 아무리 생존 경쟁의 시대라지만 그러기에는 저 벚꽃들에게 인간으로서 부끄러운 일이다. 이 여유 없고 빡빡한 시대를 살면서 순백의 벚꽃 터널에 갇혀 있다는 것도 얼마나 상쾌한 일인가.

'ㄷ'자로 생긴 국사암國師庵은 쌍계사 지근거리에 있는 산내암자로서 신라 흥덕왕 때 진감眞鑑 선사가 창건하였고, 우리나라의 백두대간 아래쪽인 단전丹田 부분에 위치한 명당 터라고 한다. 단전이란 기氣의 세계에서 기운의 중심부, 즉 마음이 있는 자리라고 하니 이곳 스님들이 자랑할 만하다는 느낌이 든다.

진감은 원래 어부 출신으로서 그의 나이 30세 때 세공사歲貢使의 노를 젓는 노꾼이 되어 중국으로 따라갔다가 중국 승 마조 문하에 늦깎이로 출가하여 동방 성인 혹은 얼굴이 검다 하여 흑두타黑頭陀, 즉 검은 얼굴의 부처로 존경받는 입지전적인 인물.

암자 입구에 선 느티나무 고목인 사천왕수四天王樹가 진감 선사의 이야기를 들려주는 듯하다. 그때는 진감이 어린 느티나무를 돌보았겠지만 지금은 암자의 천 년 역사를 말없이 보아온 사천왕수가 국사암의 식구들을 지켜주고 있는 것 같은 생각이다.

며칠 전에도 비가 와 골짜기의 물소리가 더 커졌다는 암주 스님의 얘기이다. 물소리 하나도 놓치지 않고 볼 줄 아는 스님의 얘기가 가슴에 와 닿는다.

"골짜기 물의 소임은 맑은 물을 하류로 흘려보내는 일입니다. 그래야 하

백두대간의 단전, 마음의 자리에 위치한 국사암

골짜기 물의 소임은 맑은 물을 하류로 흘려보내는 일이다

류의 물이 정화되지 않겠습니까. 남을 위해 기도나 염불을 하여 복福을 골짜기 물처럼 저잣거리로 내려보내는 것이 스님의 역할이지요."

스님이 우려내 준 무향차無香茶를 마시며 빗소리를 듣는 일도 오래오래 기억에 남을 것 같다. 열어젖힌 창호 너머 보이는 나무들도 무심히 빗소리를 듣고 있는 모습이고, 그러고 보니 빗소리는 산山 식구들이 빚어낸 화음和音이다. 소나무·상수리나무·대나무·단풍나무에 떨어지는 빗소리가 모두 다르겠지만 어느 소리 하나 튀지 않고 나그네의 마음을 비질해주고 있는 것이다. 저잣거리의 우리들도 제 목소리를 내되 지역감정이니 뭐니, 남이니 북이니 다투지 말고 감동의 화음을 일궈내는 방법은 없을까.

빗소리에 귀를 씻고 있자니 어느새 나그네의 마음도 암자 우물가의 앵두나무 꽃처럼 활짝 터뜨려진다.

지리산 국사암　화개장터에서 쌍계사 입구까지가 벚꽃 터널이고, 국사암은 쌍계사 들어가는 다리를 건너지 말고 조금 더 오른 뒤, 국사암 다리를 건너 10여 분 걸어서 올라가면 된다. 조선 시대 화가인 겸재 정선이 그려 더욱 유명해진 불일폭포는 암자 너머 산길로 1시간 남짓한 거리에 위치한다.　**전화** 055-883-8802

모기가 물어도
미소 짓는 스님들

대운산 내원암

　내원암을 가기 전에 통도사에 먼저 들러본다. 통도사 경내에는 암자가 많기로 유명하다. 나그네는 통도사 경내의 암자들은 거의 다 순례한 편이다. 내원암 가는 길에 들르는 극락암도 몇 년 전에 갔었다.

　이번에 극락암에 다시 가는 것은 나그네에게 볼일이 있어서이다. 몇 년 전에 극락암 명정 스님이 약간의 자료를 건네주면서 경봉 스님을 소재로 해서 소설을 써보라고 권유한 적이 있는데, 이제야 마음을 낸 것이다. 명정 스님은 경봉 큰스님이 열반하셨을 때까지 모셨던 상좌이다. 웬만한 상좌라면 스승이 수행한 곳을 떠나 자신의 살림을 꾸리고 있을 터이다. 그러나 명정 스님은 스승이 입적한 후에도 경봉 스님의 그림자가 짙은 극락암을 지키고 있다. 경봉 스님이 머무셨던 삼소굴을 조촐하게 복원해놓고, 스님에게 "경봉 스님의 소설을 쓰겠습니다" 하고 신고한 후, 첫 의식을 치르듯 경봉 스님이 쓴 19세 때의 일기를 조심스럽게 열어본 순간 콧잔등이 시큰해진다. 큰스님의 일기는 85세

때까지 계속된다. 나그네는 19세의 어린 나이에 무엇을 하고 있었던가. 지금도 마찬가지이지만 깊은 성찰 없이 하루하루를 낭비하지 않았던가. 다시 갖는 감회이지만 큰스님들에게는 사소하더라도 숨을 거둘 때까지 실천하는 근기根機와 성실성이 남다르다. 명정 스님이 큰스님의 법어집인 『경봉 스님의 말씀』 속표지에 한 말씀 써주신다.

'찬주님, 만중생 뇌리에 더욱 복되고 빛이 되소서.'

극락암을 나서는데 덕담의 메아리인 듯 기분이 상쾌하다. 일단 출발은 좋은 셈이다. 따라서 내원암 가는 길도 마음이 가볍다. 다만 극락암에서 머문 시간이 너무 길었으므로 내원암에 도착하면 날빛이 어두워지지 않을까 동행한 분들이 걱정을 한다.

그러나 나그네 마음은 느긋하다. 사람들이 나그네에게 묻는 단골 메뉴가 있다. 암자를 가려면 어느 계절이 좋으냐는 물음이다. 물론 계절에 따라 암자의 풍광이 더 빛을 내는 곳도 있다. 그러나 나그네는 암자의 진면을 보려면 주변의 사물이 어렴풋한 새벽에 일어나 보라고 한다. 별이 총총한 새벽 예불부터 스님들이 마당을 쓰는 아침까지가 암자의 내면을 들여다볼 수 있는 절호의 시각인 것이다. 그 다음은 산그늘이 접히는 저녁 예불 시간이다.

그러니 저녁 예불 때 내원암에 도착한다 하여도 섭섭할 게 없는 것이다. 오히려 나그네는 행운이라고 여기지 않을 수 없다. 나그네는 저녁 예불의 독경 소리를 이 세상에서 듣는 가장 아름다운 음악으로 생각하기 때문이다.

내원암은 통도사 말사인데, 신라 중기에 고봉 선사가 창건하였다는 기록만 전해질 뿐 자세한 사적기는 아직 발견되지 않고 있다. 다만 『동국여지승람』에 나오는, 지금의 대운산을 불광산佛光山이라 하고 내원암 아래에 대원사지가 있었다는 기록을 참고해볼 때 불佛의 빛이 밝았던 성스러운 곳이 아니었을까 하는 심증이 간다. 하긴 지금도 백두대간의 기운이 마무리되는 지점에다 금강의 풍광을 연상케 하는 기암절벽들이 펼쳐져 있어 찾아오는 이가 많다고 한다.

예상하였던 대로 내원암에 도착하자 4백 년이 되었다는 팽나무가 어둑한 모습으로 나그네를 맞이한다. 법당에서는 저녁 예불의 독경 소리가 중생들의 고단한 하루를 접어주고 있다. 통도사에서 만난 적이 있어 구면인 스님이 내원암에 와 있단다. 스님이 기다리고 있다가 나그네 일행을 미소로 맞이해준다.

나그네는 법당 밖에서 합장만 하고 더 어두워지기 전에 훔쳐보듯 주위를 둘러본다. 아직은 불사 중이라 어수선한 분위기이지만 몸에 뭐라고 표현할 수 없는 영기靈氣가 스민다.

나그네는 스님을 기억할 때 꼭 두 가지를 떠올린다. 하나는 미소이고 또 하나는 노래이다. 나그네는 구름장처럼 고뇌하는 스님보다 햇살처럼 미소 짓는 스님이 더 좋다. 저녁공양을 마친 후, 차 마시는 시간은 아예 컴컴한 밤이다.

"봄에는 이 지방 전통 놀이 문화인 화전놀이를 하고 가을에는 산사 음악회를 가질 생각입니다."

암자를 엄숙한 수행 공간으로만 이용하지 않고 지역 주민들이 삶의 활력을 재충전하는 쉼터로 가꾸어나가겠다는 스님의 의지이다. 속가의 말로 신세대 스님다운 사고이다.

"노래는 언제부터 하였습니까?"

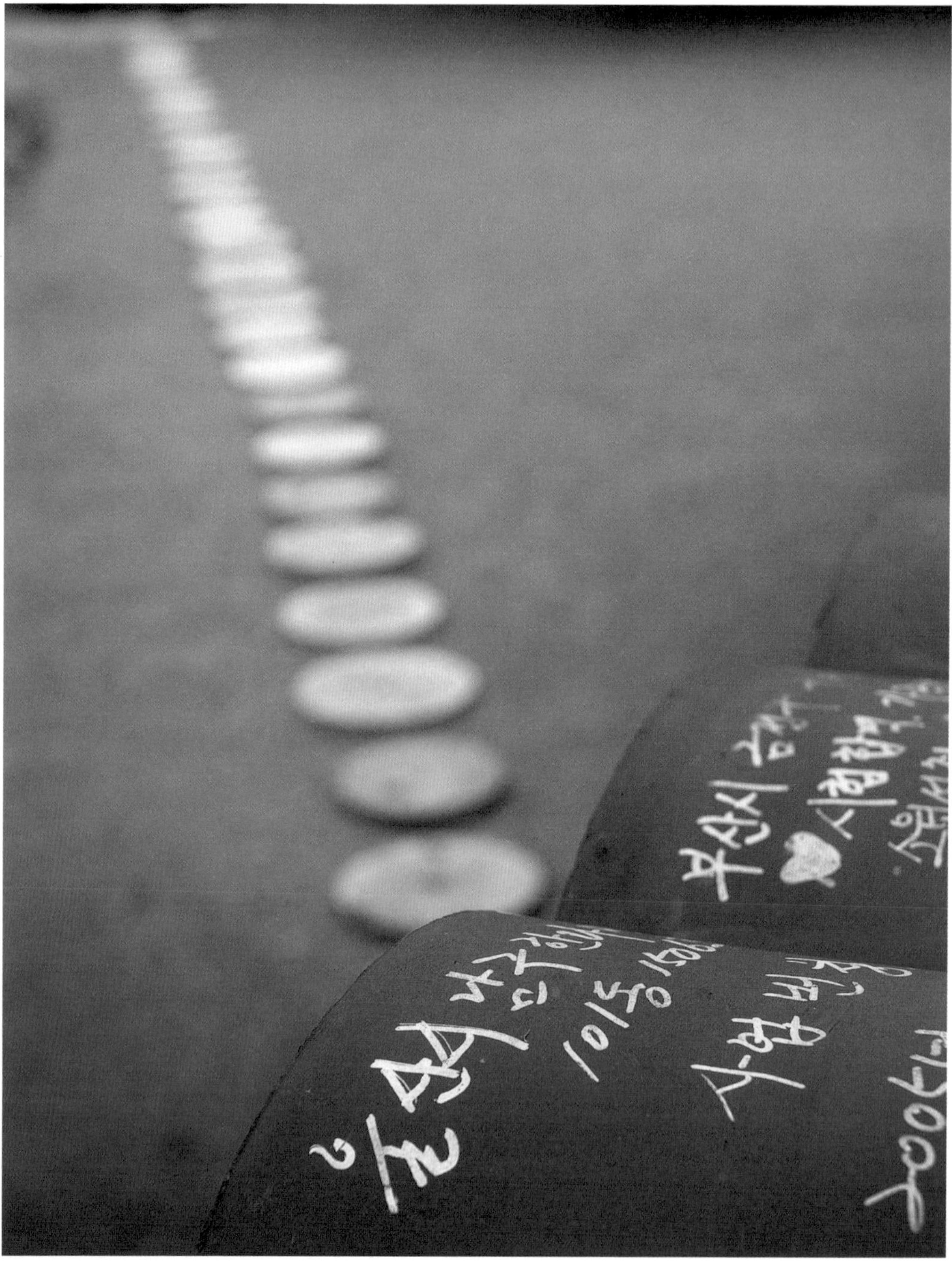

"출가하기 전에는 노래가 좋아 통기타를 치면서 혼자 노래를 부르는 정도였습니다. 제가 노래에 의미를 느끼면서 부르기 시작한 것은 승가대학 2학년 때부터입니다. 단원이 백여 명인 큰 합창단에 참여해 중앙국악관현악단과 함께 지방 순회공연을 다니면서였지요. 그때 합창단원 중 스님은 열 명이었고, 주요 곡은 〈붓다〉라는 찬불가였습니다."

그런 경험을 토대로 스님은 승가대 재학 시절 비구스님과 비구니스님으로 구성된 합창단을 만들었다고 한다.

"찬불가를 부르면서 느끼게 되었는데 노래가 기도라는 생각이 들었습니다. 무대에 서서 기도하는 마음으로 노래를 부르거든요. 만법이 하나로 돌아간다는 '만법귀일萬法歸一'이라는 화두가 있습니다만, 노래야말로 누구라도 부처님 곁으로 돌아가는 가장 쉬운 길이라는 깨달음이 들었습니다."

저녁 예불 때 독경한 스님이 차를 마시러 들어온다. 스님 역시 미소가 만만찮다. 내원암에서 지켜야 할 청규淸規 중에 첫 번째가 미소인가 보다. 일행 중 누군가가 모기에 물려 비명을 지르자, 그 스님이 웃으며 말한다.

"이곳에서는 초저녁에 모기 침 일곱 대가 기본입니다."

모기에 뜯기면서도 미소를 짓는다면 내원암 스님들의 해맑음에 관한 한 설명이 더 필요 없을 것 같다. 이미 독경 소리는 멎었지만 그 여음은 오래오래 잔상으로 남을 것 같다. 독경 소리 대신 들리는 대운산의 소쩍새 울음소리에 깊어가는 밤이다.

대운산 내원암 내원암의 행정구역상 주소는 울산광역시 울주군 온양읍 운화리 1312번지이다. 온양읍에서 맑은 계곡물이 흐르는 아기소주차장까지 와서 산길을 타고 오르면 내원암에 다다른다. 아기소주차장에서 내원암까지는 걸어서 20여 분 걸린다. **전화** 052-238-5088

방이 그윽하면
등불이 더 빛나도다

가야산 지족암

　지족암을 16년 만에 또다시 오른다. 일타 스님이 계셨다면 몇 번 더 왔을 것이다. 지족암은 일타 스님이 생전에 중생을 제도하던 도량이다. 태백산 도솔암에서 깨달음을 이루시고 하산하여 보임했던 곳이 지족암이었던 것이다.

　태백산 도솔암을 떠나 지족암에 처음 왔을 때는 암자에 비가 샜다고 한다. 엊그제 만난 스님의 맏상좌 혜인 스님의 증언이다.

　"비 오는 날 큰방에서 스님과 함께 공양하다가 방 안에서 우산을 썼지요. 옆방으로 피신하듯 옮겼지만 그 방에서도 우산을 폈던 기억이 생생합니다. 그때 저는 얼마나 송구스럽던지 몸 둘 바를 몰랐는데 우리 스님께서는 미소만 지으셨습니다."

　그래도 일타 스님은 조금도 불편해하지 않고 자족했다고 한다. 욕심을 줄이면서 만족하는 소욕지족小欲知足이 어떤 경지인지 실감이 된다. 법당 마당도 한 사람이 겨우 지나다닐 만큼 비좁았으나 혜인 스님이 일타 스님에게 겨우 허락받아 도량을 넓혔다는데, 일타 스님의 관심은 불사佛事가 아닌 참선이었다고 한다.

스님이 입적하시기 전에 남긴, 제자들에게 간절하게 당부하는 게송을 보아도 스님의 뜻이 어디에 있었는지 짐작이 간다.

> 진실한 말로 내 그대들에게 전별을 고하노라
> 파도가 심하면 달이 나타나기 어렵고
> 방이 그윽하면 등불이 더욱 빛나도다
> 그대들에게 마음 닦기를 간절히 권하노니
> 감로장을 기울어지게 하지 말지니라.

> 實言告餞 諸弟子等
> 波亂月難現 室深燈更光
> 勸君整心器 勿傾甘露漿

일타 스님의 일대기 소설인 『인연』을 집필하고 난 뒤라서 그런지 지족암을 찾은 감회가 더 새롭다. 『인연』을 발간하고 나자 한 기자가 "일타 스님은 현대 고승 중에 어떤 분이셨습니까?" 하고 물은 적이 있는데, 나는 그때 이렇게 답변한 적이 있다.

"성철 스님은 우리에게 진리와 지혜가 무엇인지를 깨닫게 해준 문수보살이셨고, 경봉 스님은 우리에게 위안과 용기를 준 지장보살이셨고, 일타 스

'파도가 심하면 달이 나타나기 어렵고 방이 그윽하면 등불이 더욱 빛나도다'

님은 우리에게 진정한 자비가 무엇인지를 깨닫게 해준 관세음보살이셨습니다."

누가 다시 묻는다고 해도 같은 대답을 할 것 같다. 일타 스님의 자비심은 많은 것을 명상케 하고 깨닫게 한다. 스님의 자비란 동정이나 연민이 아니다. 동정이나 연민은 내가 불쌍한 대상을 보고서 측은한 마음을 일으키는 것을 말하지만 자비는 그것과 본질이 다르다. 깨달음이란 우주 혹은 자연과 내가 한 몸이 되는 것이고, 그때의 열린 마음이 바로 자비심이다. 그래서 부처님은 『열반경』에 '자비심이 여래다'라고 설했을 것이다. 깨달음의 경지에서는 내가 사라진 무아無我의 상태에서, 즉 다른 이들과 한 뿌리가 되어 아픔이나 기쁨을 함께한다.

일타 스님은 어떤 고승보다도 자비로운 일화가 많다. 혜인 스님에게 직접 들은 얘기다. 어떤 노비구니스님이 갓난아이를 데려다 기저귀 갈고 우유 먹이며 키워 성인이 되자 비구니로 출가시켰는데, 그 비구니가 그만 절을 나가 결혼했다. 그러고 난 뒤, 환속한 그 여자가 노비구니스님에게 선물을 준비해서 아기를 업고 절에 찾아왔다. 노비구니스님이 반겨줄 리 없었다. 노비구니스님은 받은 선물을 팽개치면서 아기 업은 새댁을 내쫓았다.

이 광경을 목격한 혜인 스님이 일타 스님에게 "스님께서는 그런 일이 있다면 어찌하시겠습니까?" 하고 묻자, 일타 스님은 망설임 없이 이렇게 답했다는 것이다. "당연히 받아들여야지. 아기 이름도 지어주고 생일축원도 해주어야지."

또, 혜국 스님에게 들은 얘기도 오래도록 가슴을 훈훈하게 한다. 지족암에서 일타 스님이 묵언정진을 할 무렵이었다. 그때 혜국 스님의 소임은 일

깨달음이란 우주 혹은 자연과 한 몸이 되는 것이고 그때의 열린 마음이 바로 자비심이다

'그대들에게 마음 닦기를 간절히 권하노니 감로장을 기울어지게 하지 말지니라'

타 스님이 묵언할 수 있도록 찾아오는 사람들을 물리치는 일이었다. 어느 날엔가 신도들과 옥신각신하는 소리가 일타 스님의 귀에 들어갔고, 안쓰러워진 일타 스님이 나지막한 소리로 그 신도를 올려보내라고 말했으나 혜국 스님은 끝내 그 신도를 돌려보냈다. 그러자 그날 점심공양부터 일타 스님은 금식을 했다. 혜국 스님이 "스님, 공양 안 드십니까?" 하면 "남의 마음을 그렇게 상처 내놓고 밥이 목구멍으로 넘어가?" 하면서 거부하다가 혜국 스님의 사과를 받고서야 공양했다는 사연이다.

일타 스님의 얘기를 유발상좌 대원성 보살한테서도 들을 수 있었는데, 보살이 처녀 시절에 방생放生을 따라갔다가 고기 장수의 물동이를 가리키며 "가장 큰 것으로 주세요" 하자 일타 스님이 고기 장수의 물고기를 다 사버렸다. 보살이 "스님, 곧 죽을 것 같은 고기도 있는데 왜 다 사십니까?"라고 묻자, 일타 스님은 "고기들이 죽고 사는 것은 제 명이지만 살려주는 마음에는 차별이 없어야 한다"라고 하여 보살을 몹시 부끄럽게 만들었다는 것이다.

법당에 들어가 3배를 하고 나오니 한 외국인이 기웃거리며 지나간다. 순간, 혜관 스님에게 당부했다는 일타 스님의 말씀이 떠오른다.

"다음 생에는 미국 사람으로 태어나서 학문을 익히다가 스무 살이 되면 해인사로 올 것이다. 혜관아, 너는 그때까지 지족암에서 정진하다가 큰절에 스무 살짜리 코쟁이가 왔다는 소식이 들리면 얼른 내려와 자세히 보고, 알은체하면 귀를 붙잡고 올라와 머리를 깎아라."

그러나 저 외국인이 일타 스님의 환생은 아닐 것 같다. 스님께서 입적하신 지 16년밖에 되지 않았으니 지금 서 있는 중년의 외국인과는 나이가 맞지 않는 것이다. 동행한 친구는 실망하지만 나는 스님의 대원력을 믿기에 더 기다리자고 말한다. '한국으로 와서 출가하여 부처님 같은 청년의 나이에 대도를 이루어 일체 중생을 제도하고 이 땅의 한국 불교를 세계에 펼치겠다'라는 일타 스님의 원력이 반드시 이루어질 것이라고 확신하기 때문이다.

   지족암 뒷산 어디선가 지팡이 짚고 미소 짓는 일타 스님께서 금세 나타나실 것만 같다. 오늘따라 지족암 솔향기가 유난히 코끝을 스친다.

가야산 지족암   해인사 일주문에서 도보로 30분 정도 걸린다. 찻길을 이용할 경우 야간통제소를 3백 미터쯤 지나 오른쪽 산길로 조금만 오르면 왼쪽 산길로 갈라지는 입구에 희랑대, 지족암 이정표가 나타난다.
전화 055-932-7302

매화는 숨지만
향기는 숨길 수 없네

가야산 희랑대

소나무와 바위가 엉킨 희랑대의 풍광을 음미하려면 반드시 지족암 법당에 올라서야 한다. 골짜기를 사이에 두고 두 암자가 사랑하는 연인처럼 서로 마주보고 있어서이다. 가까운 거리이므로 눈이 내려 산길 끊기더라도 목탁 소리로 의사소통이 이루어질 것 같다. 태백산의 한 암자에서 들은 얘기로는 스님들이 가장 좋아하는 국수(스님을 미소 짓게 한다 하여 승소僧笑라고도 함)를 삶은 날에는 목탁을 쳐서 이 골짜기 저 골짜기에 있는 암자의 스님들을 불러 함께 나누어 먹는다고 한다. 그때 스님들의 발걸음은 목탁 소리에 대한 반가운 응답인 셈이다.

지족암 법당 마당에서 보니 과연 희랑대希郎臺가 진경 산수화처럼 한눈에 들어온다. 어깨를 맞대고 있는 작은 가람들뿐만 아니라 희랑대 너머로 펼쳐지는 산 능선들도 한 폭의 구도 안에 잡힌다. 마침 먼 능선들은 선녀의 옷자락 같은 흰 구름에 가린 채 보일 듯 말 듯하여 그대로 선경이다.

지족암과 연인처럼 마주보고 있는 가야산 희랑대

최치원과 희랑 스님의 깊은 고뇌가 희랑대 바위에 푸른 이끼로 환생해 있는 듯하다

신라 말 헌강왕 때 활동했던 희랑 스님이 927년에 창건했다는 희랑대는 금강산의 암자 중 암자인 보덕굴에 비교될 만큼 그 형태가 비슷하다. 절벽 위에 지어진 새집 같은 가람의 형상 때문인데, 이곳 역시도 희랑 스님의 서 원과 최치원의 고뇌가 서린 장소이다. 두 사람은 기울어가는 망국의 신라 와 무섭게 일어나는 개국의 고려 사이에서 절절한 시문을 주고받으며 마음 을 나누었던 동시대 사람으로 상징하는 바가 크다.

최치원이 망국의 비애를 품고 가야산에서 홀연히 종적을 감추었다면, 희 랑 스님은 고려를 일으켜 세운 왕건에게 화엄사상을 법문하는 등 정신적으 로 큰 도움을 주었다고 전해진다. 『균여전均如傳』에도 희랑 스님을 평한 글 이 이렇게 나와 있다.

'신라 말기 가야산 해인사에 두 분의 화엄종 대가가 있었다. 한 분은 후 백제 견훤의 복전福田이 되었고, 다른 한 분은 희랑 스님으로 고려 태조 대 왕의 복전이 되었다.'

희랑대를 품은 산의 생김새가 게蟹 모양이라는데, 어디가 몸통이고 어디 가 머리인지 물어볼 스님이 없다. 젊은 스님이 있기는 하나 암자의 터줏대 감이 아닌 것 같다. 그래서 나그네는 해인사 큰절에 전해지는 이야기를 음 미해볼 뿐이다. 게는 둘이서 만나면 서로 엉켜 싸우는 성질이 있으므로 게 형상의 터에서는 두 사람이 살지 못한다고 한다.

그런데 비좁은 희랑대를 놓고 스님들끼리 다투어 수행의 터로 삼으려 하 니 이런 구전은 누군가가 만들어낸 이야기가 아닐까. 산의 모양이야 그 형 태가 추상적이므로 보는 이의 눈에 따라 다르기도 하고 코에 걸면 코걸이, 귀에 걸면 귀걸이인 것이다.

해인사 주지를 지냈던 보광普光 스님이 십수 년 정진했다는 희랑대. 나그네는 한 시대를 살면서도 정반대의 인생길을 걸었던 두 인물을 다시 떠올려본다. 최치원처럼 사람들로부터 철저하게 잊혀지는 길을 택할 것인가, 아니면 희랑 스님처럼 자기를 드러내 주어진 몫을 다하며 살아갈 것인가. 천년 전 두 사람의 깊은 고뇌가 지금은 희랑대 바위에 푸른 이끼로 환생해 있는 듯하다.

두 사람의 아이러니에 하나의 결론이 모아진다. 사람들에게 혹은 역사에 자신의 이름을 잊혀지게 하면 할수록 더 드러난다는 사실이다. 매화나무가 눈 쌓인 깊은 산중에 숨는다 할지라도 골짜기를 타고 흘러가는 자신의 향기는 숨길 수 없는 것처럼.

가야산에도 저잣거리까지 퍼져가는 매화 향기가 있는가. 눈 밝고 꼿꼿한 도인이 계시다면 어찌 없을 것인가. 말 없이도 말씀이 이루어지는 그 향기야말로 최상의 법문이리라. 침묵이 곧 마음을 드러내는 말씀이 아닐 것인가.

| **가야산 희랑대** 지족암 가는 길로 가다 보면 계곡 옆에 암자를 오르는 돌계단이 보인다. 최근에는 돌계단을 사용하지 않고 위쪽에 난 승용차 도로를 이용하고 있다. 전화 055-932-7301

듣는 소리 없으니
시비가 끊어지네

가야산 삼선암

하늘이 깊은 방죽처럼 푸르다. 살얼음이 낀 듯 얼굴이 반사되어 비칠 것만 같다. 해인사 입구 계곡가에 있는 삼선암三仙庵은 조선 고종 30년(1893)에 비구니 자홍慈洪 스님이 창건했는데, 세 봉우리 밑에 있다 하여 암자 이름을 그렇게 지었다고 전해진다.

그러나 암자의 비구니스님들은 암자 옆 계곡에서 세 명의 신선이 놀았다 하여 삼선암이라고 불렸을 거라고 다른 설명을 해준다. 암자 마당에 있는 두 개의 큰 바위에도 신선이 놀다 갔다고 한다.

"가야산 암자 중에서 단풍이 가장 좋아요. 우리 암자 자랑할 게 뭐 있나요. 올해로 97세 된 정행淨行 노스님이 계신 것 말고는."

세월은 무심히 흐르고 있다. 이제는 정행 노스님도 입적하시고 우리가 발을 딛고 있는 사바세계에 안 계신다. 당시 육신을 뉘고 계시는 당신의 모습이 와불臥佛처럼 가슴에 와 닿았던 기억이 지금도 새롭다.

이곳에서는 밭에 콩을 심고 수확하여 직접 메주를 쑨다고 한다. 햇볕이 드는 암자의 토방에 메주가 질서 정연하게 해바라기를 하고 있다. 그러고 보니 삼선암 스님들은 목탁만 치는 게 아니라 농사일에도 땀을 흘리는 모양이다. 기둥에 매달린 목탁이 "하루 일하지 않으면 하루 먹지 말라"라고 법문을 하는 느낌이다.

부모님이 돌아가시자 9세에 언니와 함께 절에 들어와 선방을 몇십 년 돌아다녔으며, 95세까지 하루도 빠짐없이 7백배를 하고 97세가 된 봄까지도 조석 예불을 올렸던 정행 노스님. 지금은 그런 의식도 넘어서버린 듯, 낡은 수레 같은 육신을 뉘어놓고 무심히 쉬고 있다는 표현이 더 정확할 것 같다. 염주를 머리맡에 놓고 누워 계시던 스님이 떠올라 문득 부설 거사의 열반송이 들리는 듯하다.

눈으로 보는 것 없으니 분별이 사라지고
귀로 듣는 소리 없으니 시비가 끊어지네
분별도 시비도 훌훌 놓아버리고
오직 마음 부처 찾아 스스로 귀의하리

그때 젊은 비구니스님이 노스님의 귀에다 대고 나그네를 위해 부설 거사의 열반송을 들려달라고 곡진하게 읍소했던 것이다. 노스님 자체가 바로 열반송 같다는 느낌이었다. 눈을 감고 있으니 분별이 없고 소리를 듣지 못하니 시비가 끊겨 있고 분별과 시비를 떠나 있으니 부처인 것이었다.

나그네는 상대가 남녀노소 빈부귀천 누구이건 간에 먼저 고개를 숙였다

'눈으로 보는 것 없으니 분별이 사라지고 귀로 듣는 소리 없으니 시비가 끊어지네'

정행 스님이 입적 때까지 중생을 제도한 가야산 삼선암

봄바람처럼 훈훈한 하심이 곧 부처의 마음이다

는 정행 노스님을 '누워 있는 부처'라고 생각하며 낮은 자세로 3배를 올리고 나왔던 기억이 생생하다.

암자를 나서기가 아쉬워 두리번거리는데 우소정又小井이라는 선방 이름이 특이하다. '또 작은 샘'이라는 말인데 우리말로 옹달샘이 아닐까 싶다.

나그네는 정행 노스님을 이 시대에 찾기 힘든 하심下心의 각자覺者였다고 생각한다. 하심이란 우리들이 사용하는 말로 겸손과 같은 말이다. 하심이 없는 수행자라면 아무리 불경을 앞으로 뒤로 달달 외고 있다 할지라도 자비를 기대하기 힘들 것이다. 한마디로 그런 수행자는 부처 될 자격이 없다고 보아도 무방하리라. 봄바람처럼 훈훈한 하심이 곧 부처의 마음이다.

가야산 삼선암 가을이면 단풍으로 물까지 붉어진다는 홍류동을 지나 해인사 일주문 밖 계곡가에 있다. 산길을 걷는 정취는 없지만 계곡을 바라보는 맛이 솔깃한 암자이다. **전화** 055-932-7278

경상북도

꽃 지는 바람이
암자를 스치네

일상에 충실한 모습이야말로 진리의 문을 여는 일이 아닐까.
조주 스님은 제자들에게 이런 작은 일부터 하라고 말했음이다.
"차나 한잔 하게."
"공양을 했으면 바리때를 씻게나."

길손에게 다람쥐도
합장하는 암자

호거산 사리암

사리암邪離庵.

운문사 스님들에 의하면 삿됨을 여의고 올라가야 하는 암자이므로 이름
이 그렇다고 한다. 몸과 마음은 물론, 가지고 올라가는 배낭 속의 물건들까
지도 삿되어서는 안 된다고 한다. 청정한 것들만 받아들이는 암자이기 때
문이다.

그러나 수건 한 장, 치약·칫솔 한 개씩만 들고 가는 나그네의 생각은 다
르다. 자격의 유무를 가리고, 분별의 금 긋기를 하는 것은 종교의 문법이
아니다. 모름지기 종교란 맑음과 탁함을 다 껴안고 흐르는 강물 같은 것. 그
런가 하면 어머니 품처럼 넓고 깊은 것. 그래서 나그네는 스님들의 주장과
달리 산길을 가는 동안 삿된 것들이 절로 다 씻겨지므로 암자 이름을 그렇
게 붙였을 거라고 추측해본다.

사실, 운문사 경내의 삿갓처럼 생긴 소나무(천연기념물 제180호)를 보면서

산길을 가는 동안 삿된 것들이 절로 다 씻겨지는 암자 사리암

는 두 눈이 청정해짐을, 오백전의 할아버지처럼 허리 굽은 부처님과 표정이 각기 다른 나한들을 보면서는 마음이 한없이 편안해짐을 느낀다. 우선 두 곳만을 들렀는데도 세속의 잡스러운 생각이 달아나버리고 마는 것이다.

"매년 막걸리를 댓 말씩 마시고 자라는 소나무이지요. 그리고 오백전의 나한님은 500분이 아니라 499분이에요. 한 분이 어디에 계시냐 하면 바로 사리암에 계신 나반존자님이지요."

운문사 주지를 지냈고 나그네와 대학 동문인 일진一眞 스님의 얘기이다. 그러니까 한 분은 운문사에서 동남쪽으로 4킬로미터 떨어진 사리암에 계신다는 얘기이다. 어느 때인지는 정설이 없으나 옛날 옛적에는 홀로 수행하는 스님과 그 스님을 지켜주는 나반존자뿐이었으리.

그런데 지금은 나반존자가 스님의 소원을 들어주는 분으로 소문이 나면서 일반 순례자들까지 사시사철 몰려들어 저마다 간절하게 기도를 한단다. 두말할 것도 없이 나반존자란 부처의 제자인 십육나한 중 미륵부처가 출현할 때까지 중생들의 복밭이 되라고 명을 받은 분.

나그네도 그 나반존자를 어서 만나보고 싶다. 염치없이 무엇을 바라고 싶어서가 아니다. 햇볕 좋은 이런 날은 청솔 그늘 길을 걷는 것만도 그저 고마울 뿐이다. 운문사 뒤로 난 솔숲 길을 걷는 기쁨 말이다. 잡스러운 생각을 비우고 감정에 휘둘리던 '거짓 나'를 내려놓고 산길을 걷다 보면 영혼이 정화되는 느낌에 휩싸이는 것이다. 사리암 계곡을 따라 난 산길은 물소리와 솔바람 소리가 일품이 아닐 수 없다. 물소리에서 솔 내음이 나고, 솔바람에 돌돌돌 명랑한 물소리가 섞여 있음이다.

청솔 그늘 아래 평탄한 산길인지라 가슴에 솔 내음을 켜켜이 재고, 휘파

햇볕 좋은 날 청솔 그늘 길을 걷는 것만도 감사할 뿐이다

모름지기 종교란 맑음과 탁함을 다 껴안고 흐르는 강물 같은 것

사람들의 소원을 들어주는 나반존자가 있고, 사람들에게 음식을 공양받는 산짐승들이 깃들여 사는 곳이 사리암이다

람 행진곡을 터뜨리며 발걸음도 가볍게 20여 분 걷다 보면 어느새 가파른 길이 펼쳐진다. 이제부터는 다리품을 팔아야 한다. 굵은 땀을 쏟아 내야 하는 산길인 것이다. 사람들의 얼굴만 봐도 방금 전과는 확연하게 다르다. 돌계단을 한 발 한 발 내디딜 때마다 힘든 표정이 역력한 것이다. 거의 수직으로 오르는 산길이기 때문이다. 다행히 산길 중간에 옹달샘이 있어 나그네는 갈증을 핑계로 휴식을 취해본다. 그러는 사이 먼저 올라갔다 내려오는 낯모르는 사람들이 응원을 해온다.

"힘들지예, 쪼금만 올라가면 암잡니더. 참으시소."

그렇다. 고지가 바로 저긴데 예서 멈출 수는 없다. 끙끙 용을 쓰며 오르다 보니 어느새 암자의 추녀 끝이 보이고 '나반존자, 나반존자' 하고 외는 창불唱佛 소리가 들려온다. 이윽고 암자에 다다른 것이다.

비로소 등을 돌려 보니 저 건너편에 학이 날아오르는 형상의 학산鶴山이 그윽하다. 그뿐만 아니라 나반존자께 힘들게 올라왔노라고 모자를 벗고 인사를 하자 비로소 암자의 식구들이 다가서고, 참배객뿐만 아니라 헌식대에 놓인 음식을 먹는 박새도 보이고, 암자 마당에서 합장하고 있는 다람쥐도 보이고, 다래넝쿨을 타고 재주를 부리는 청설모도 보인다. 이때 암자의 한 비구니스님을 마주친 것도 인연이다.

"우리는 육식을 안 해서 그런지 새들이 스스럼없이 손에 올라와요. '깐돌아', '똘똘아' 하고 부르면 새나 다람쥐가 자기를 부르는 줄 알고 계곡에 있다가도 곧 달려오지요."

부모에게 물려받은 속가의 집마저 절로 회향하였다는 스님의 얘기이다. 그리고 보니 사리암은 사람들의 소원을 들어주는 나반존자가 있고, 사람들에게 음식을 공양받는 산짐승들이 깃들여 사는 곳이다. 그렇다. 간절한 기도의 메아리처럼 사람들의 소망이 이루어지는 이런 곳을, 인간을 무서워하지 않는 산짐승들이 사는 곳을 어찌 극락이라 부르지 않으리. 더 바라는 것이 없고 두려움이 없으니 극락인 것이다.

호거산 사리암　경북 청도군 운문면 신원리 운문사에서 4킬로미터 거리에 위치한 암자인데, 걸어서 1시간 정도 걸린다. **전화** 054-372-8811

한국인 원래
쩨쩨하지 않다

비슬산 도성암

석양 무렵이어서 도성암道成庵 가는 길의 입구에 자리한 유가사에 들를 겨를이 없다. 서둘러 산길을 오른다. 해 떨어지면 산은 금세 어두워져버리기 때문이다. 그러나 발길을 재촉한 것이 무색하다. 산길 중간쯤에서 시멘트로 포장 공사를 하고 있으므로 승용차가 갈 수 없는 것이다.

유가사로 돌아오니 절 경내는 이미 어두운 산그늘이 접혀 있다. 유가사 스님에게 잘 방을 부탁해보지만 마땅찮다. 도성암으로 전화를 해보아도 역시 마찬가지이다. 할 수 없이 나그네는 성악가 시명 스님이 머물고 있는 창녕 신성암으로 승용차를 몬다. 유가사 부근에 여관 같은 것이 한두 군데 있지만 집을 나서면 절이나 암자에서만 자는 습관 탓이다.

어느새 캄캄해진 도로를 달리면서 도성암 스님의 얘기를 떠올려본다. 하룻밤 유숙을 거절하는 도성암 스님의 얘기가 무엇을 의미하는지 헷갈려서이다.

"원주스님 계십니까?"

"무슨 용건입니까? 저한테 말씀하십시오."

"도성암을 알고 싶어서 왔는데, 하룻밤 잘 수 없습니까?"

"방이 하나 있기 한데 보살들이 사용하는 방입니다. 나는 스님들도 보살들 방을 사용하지 못하게 합니다. 그러니 다른 데서 자고 내일 올라오십시오."

여자들이 사용하는 방이니 빈방이라도 남자에게는 내줄 수 없다는 말이다. 방이 남녀유별하고 있는 셈이다. 하긴 산속의 암자가 무슨 숙박업소인가. 하룻밤을 공짜로 기식하려는 등산객들 때문에 적당한 이유를 대며 거절하는 스님도 있을 터이다.

성지인 데다 선원이 있어 까다로울 수도 있다. 도성암은 일연 스님이 지은 『삼국유사』에도 나오는 성지이다. 『삼국유사』 제5권 「피은편避隱篇」 '포산이성包山二聖', 즉 포산의 두 성사聖師를 얘기하는 부분에 나온다. 포산은 현재의 비슬산을 말하는데, 그 아름다운 내용을 요약하여 소개하자면 다음과 같다.

신라 흥덕왕 때 관기觀機와 도성道成이란 두 스님이 포산에 숨어 살고 있었다. 관기는 남쪽 고개에 암자를 짓고, 도성은 북쪽 굴에 살았는데 두 사람의 거리는 십 리쯤 되었다. 두 스님은 달이 뜨는 밤이면 구름길을 헤치고 노래하면서 서로 오갔다.

두 스님의 마음을 산속의 나무들이 전해주었다. 도성이 관기를 만나고 싶어 하면 비슬산 나뭇가지들이 일제히 관기가 사는 쪽으로 굽혀주었고, 관기가 도성을 만나고 싶어 하면 그 반대로 움직여주었다.

푸름이 출렁거리는 숲 속에 안긴 비슬산 도성암

도성암은 마치 녹음의 바다에 떠 있는 조각배 같다

도성 스님과 관기 스님이 우정을 나누었던 도성암

이렇게 서로 왕래하기를 몇 해가 지났다. 도성은 어느 날 자신이 좌선하던 높은 바위에서 하늘로 몸을 날려 떠났다. 이에 관기도 뒤따라 세상을 떠났다. 도성이 좌선하던 도성암道成庵은 높이가 두어 길이나 되는데, 훗날 스님들이 그 굴 아래에 절을 지었다.

다음 날 일찍 나그네는 다시 도성암의 산길을 오른다. 다행히 시멘트가 말라 승용차가 지나는 데에 불편은 없다. 그러나 나그네는 차를 멈춰 암자를 바라본다. 아침 햇살에 푸름이 출렁거리는 숲 속, 거기에 안긴 암자가 마치 녹음의 바다에 떠 있는 조각배 같다.

도성 스님과 관기 스님이 우정을 나누었던 도성암, 나그네는 지금 그런 인간적인 스님이 더욱 그립다. 도인의 기록을 어찌 과거완료형으로만 받아들일 것인가. 두 스님도 우리와 똑같이 생긴 한국인이다. 달이 뜨면 흥에 겨워 노래 부르고, 비슬산 나무들이 따랐을 정도로 깊은 우정을 나누었던 두 스님이야말로 우리들의 본래 모습인지도 모른다.

그렇다. 한국인은 원래 쩨쩨하거나 계산적이거나 무뚝뚝하지 않았다. 즐겨 노래 부르던 도성 스님이 하늘에 몸을 날리자 관기 스님도 세상을 떠났던 것처럼 목숨을 내어놓을 만큼 의리가 있고, 화끈하고, 낭만적이었다.

비슬산 도성암 대구 달성군 유가면 양동에 있는 유가사의 산내암자이다. 유가사 주차장에서 도보로 약 45분 거리에 있고, 승용차로도 갈 수 있다. **전화** 053-614-9167

상구보리 없이
하화중생을 말하지 말라
— 휴암 스님을 기리며

팔공산 기기암

기기암 가는 길은 승용차의 교행이 불가능할 정도로 좁다. 한여름의 숲은 음음하고 산길은 숲 그림자가 그물처럼 내리어 시원하다. 다행히 산길을 오르는 동안 단 한 대의 승용차도 마주치지 않았다. 기기암을 찾는 이가 드물다는 방증이다.

기기암寄寄庵.

'몸은 사바세계에 머물고, 마음은 극락세계에 머문다身寄娑婆 心寄極樂'라는 뜻에서 연유한 암자 이름일 터이다. 신라 헌덕왕 8년(816)에 정수正秀 대사가 국왕의 평안을 기원하기 위해 안덕사安德寺라는 이름으로 창건하였으나 고려 시대 명종 16년(1186)에 기성箕城 대사가 기기암으로 이름을 바꾸었다고 전해진다.

오래전에 입적하신 휴암 스님은 수행자의 몸이 사바세계에 머무는 것을 극구 경계했다.

"출가한 중은 최소한 10년 정도는 세상으로부터 단절돼야 해. 세상일을 할 생각을 해서는 안 돼. 평생 세상일을 해서는 안 돼. 중은 이 세상의 가치가 꿈이라고 생각하니까 그 허깨비, 무상, 허망한 세계를 극복하는 정신을 가지고 긴장하며 사는 것이 수행이야. 그래서 승려의 길은 어려워. 어설프게 하려면 그건 출가가 아니야, 환속이지. 이 세상이 허깨비 같은 무상한 것이라고 보고 출발했으니까 그것을 극복하는 정신, 무상감을 극복하는 의지의 마음가짐을 가져야 돼. 그런 분명한 기준을 가져야 돼. 그러므로 끊임없이 자기 자신에 대한 경고가 일어나야 하고, 자기 부정이 일어나야 해. 그것이 기도이고 수행인 거야."

휴암 스님의 법문을 이해하지 못할 바도 아니다. 스님은 상구보리 없는 하화중생을 경계한 것이 틀림없다. 현실로부터 단절되어 근원적인 정신을 갖자고 함이 바로 진리를 구하는 상구보리인 것이다.

이윽고 암자에 다다르니 붉고 희게 핀 접시꽃이 눈길을 끈다. 마당은 발자국을 내기가 미안할 만큼 빗자루질 흔적이 선명하다. 스님들은 참선 중이고 암자 옆의 요사에 보살 두어 명이 벌써 점심공양을 준비하고 있다. 나는 짙은 그늘을 드리운 귀룽나무 밑에서, 휴암 스님이 정진했다고 하는 법당으로 난 난간 달린 요사를 바라본다.

카이사르가 말했던가. "인간은 누구나 자기가 보고 싶어 하는 것만 본다"라고 했다. 휴암 스님을 바라보는 시선도 마찬가지이다. 스님의 사상에 대한 평가는 긍정도 있고 부정도 있다. 자기가 보고 싶어 하는 것만 보기 때문이다.

나 역시 스님에게서 내가 보고 싶어 하는 면만 보는 것은 아닌지 걱정스

럽다. 스님의 사상에 대해서 내가 확인해본 바로는 수좌의 길을 걷고 있는 분들의 경우 대부분 긍정적이었다. 한때 전국수좌회 상임대표를 맡았던 혜국 스님은 "수좌사상이 좋고 수좌계를 많이 걱정하던 스님"이었다고 회고하고, 축서사의 무여 스님은 "공부도 참 열심히 하셨고, 명석하여 이론도 아주 밝으셨다. 살아 계셨으면 훌륭한 일을 많이 하셨을 것이다"라고 술회한 바 있다. 뿐만 아니라 봉암사 태고선원 선원장이신 정광 스님은 "수좌의 개성은 다 다르다. 개성에 따라 꽃을 피우는 것이 수좌의 길이다. 나름대로 훌륭한 분이셨다"라고 증언하고 있다. 반면, 현실에 발을 딛고 정치와 종단의 부조리를 혁파하고자 하는 스님들은 비판의 각을 세우고 있다.

기기암에서만 정진하고 계신다는 한 스님을 찾아 스님의 진면목을 묻고 싶지만 스님은 이미 강원도 어느 토굴로 가고 없다. 휴암 스님이 머물던 요사에는 대나무발이 쳐져 있고, 이따금 암자의 적막을 까마귀 한 마리가 불온하게 나타나 깨뜨리고 있을 뿐이다.

나는 체질적으로 이런 적막을 편애하곤 한다. 작가는 이런 적막과 고독을 두려워해서는 안 된다고 생각하는 사람이다. 고독이 두려워서 달콤한 사교의 유혹에 빠져서는 안 된다고 믿기 때문이다. 수행자는 작가보다 더 지독하고 치열한 단독자單獨者라고 믿는다. 그런 의미에서 휴암 스님의 얘기는 중앙의 문단文壇과 오래전부터 결별한 나를 공감케 한다.

"수행자는 홀로 서야 돼. 패거리와 내 주변에 한 사람이라도 더 생긴다면 그만큼 가려지는 거야. 내 패가 한 사람 생기면 한 사람만큼 진실로부터 멀어지고, 두 사람 생기면 두 사람만큼 진실로부터 멀어지는 거야. 한 사람도 없는 자리에 서야, 즉 일체 내 사람이 없는 자리에 서야 그게 진실이 되는 거야.

수행자는 홀로 서는 데 능해야 하고 거기에 초점을 맞추어야 돼. 문중이 내 마음속에 어른거린다든지, 뭔가 패거리가 있어야 한다든지, 내 상좌가 있어야 한다든지 그런 마음이 일 때는 매우 부끄럽게 생각해야 돼. 수행자로서 긍지의 손상, 자존심의 문제라 생각할 정도가 돼야지."

스님의 말씀 중에 '수행자'를 '작가'로 환치해 보니 마음에 더욱 계합契合이 된다. 울림이 더 커진다. 부처님도 일찍이 무소의 뿔처럼 홀로 가라고 하지 않았던가. 홀로 가라는 부처님 말씀의 요지는 산술적인 숫자가 아니라 진리를 오롯이 실천하고 가는 태도를 강조하신 것이 아닐까.

휴암 스님도 그렇게 생각하셨음이 분명하다.

"한 걸음 한 걸음 진실, 그걸 간직하고 걸어야 해. 수행자는 많은 일을 하려고 생각해서는 안 돼. 큰일을 하려고 해서는 안 돼. 진실한 일만 하려고 생각해야 돼. 길거리를 가다 나와 아무 상관없는 길손이 '스님, 인생이 뭡니까? 어떻게 사는 겁니까?' 하고 물었을 때 '아, 글쎄. 나는 인생이라는 것이 뭔지, 어떻게 사는 건지 몰라. 내 어떻게 감히 그런 걸 말할 수 있겠어. 그렇지만 자네가 물으니 내가 조금 느낌을 말한다면, 우리가 열심히 살려고 노력한다면 조금이라도 참된 데 가까워지고 인간답게 살 수 있지 않겠나 하는 생각이 들어' 하는 말로 그에게 진실을 심어줄 수 있다면 그게 정말 스님으로서는 큰일을 하는 것이라는 거야. 부처님은 양으로써 큰일을 삼는 분이 아니라 진실로써 큰일을 삼는 분이셨거든. 진실하고 참된 것이 아니고서 어떻게 이 우주를 내 가슴에 품을 수 있겠어."

스님의 혼을 찾기라도 하듯 암자 구석구석을 살펴보지만 암자는 텅 비

휴암 스님의 가르침과 절규가 메아리치는 팔공산 기기암

어 있다. 생전에 스님이 외쳤던 절규만 메아리치고 있는 듯하다.

"출가한 사람도 승가에 들어와서 타락하지. 일반 사회 사람보다도 못해. 깨달음에 대한 목적이 희석돼버렸어. 지금은 세속화가 합리화돼버렸어. 그걸 알아야 돼. 이렇게 주장하니까 나를 불구대천지 원수처럼 생각하지. 이제 불교는 먹고사는 집단, 사업집단이지. 한국 승가에서 국민정신을 읽을 수 있는 기대는 상당한 기간 요원해."

기복을 내세워 물질주의로 속화되는 한국 불교의 풍토를 질타하고, 정전백수자庭前栢樹者 마삼근麻三斤 등등 공식화·도식화된 언어만을 구사하는 고승을 향해서 진실하고 살아 있는 참된 언어를 던지라고 외쳤던 휴암 스님. 승가와 불자 지식인들을 향해서 과연 한국 불교가 국민정신을 이끌어갈 수 있는가, 국민을 지도할 수 있는가 반문하며 끊임없이 부끄러워했던 휴암 스님. 승려는 모두 한 문중이 되어야 한다며, 한국 불교 풍토를 강도 높게 비판했던 휴암 스님.

스님의 혼이 어디에서 쉬는지 궁금하다. 그러나 나는 스님을 더 이상 기기암에서 만나지 않기로 다짐하며 암자를 내려선다. 암자에 들어설 때부터 내 눈길을 잡아당겼던 선명한 빛깔의 접시꽃과 작별을 고한다. 생전에 스님은 죽는 날까지 정진하다 쓰러져 죽어야 한다고 말했다. 안방에서 혹은 침대에서 죽는 것보다는 길 위에서 횡사하고 객사해야 잘 죽는 것이라고 말했던 것이다.

그렇다. 천하의 선객들을 짓밟았던 마조 선사와 벽력같이 고함을 쳤던 황벽 선사를 영원한 스승으로 흠모했던 스님의 혼은 생전의 절절한 원력대로 길 위에 있을 터이다. 스님은 오래전 하안거를 해제하고 난 어느 날 강원도 화천에서 뜻밖의 참변으로 시신조차 남기지 않은 채 열반의 소식을 홀연히 세간에 전해왔던 것이다. 그때 스님의 세수 56세, 법랍 29년이었고, 스님의 가풍을 가늠해볼 수 있는 저서로 『한국 불교의 새 얼굴』, 『장군죽비』 등을 남기셨으니 스님의 영롱한 사리가 있다면 바로 그것이 아닐까 싶다. 지금도 스님의 말씀은 한 점 불빛이 되어 한국 불교가 나아가야 할 방향을 외롭게 깜박거리며 밝히고 있다.

팔공산 기기암   은해사 보화루 앞에 이르면 개울가에 서남쪽 방향을 가리키는 '기기암 2.3km'라는 이정표가 보인다. 승용차로 은해사 경내를 거쳐 기기암까지 갈 수 있다.   **전화** 054-335-1514

고양이도
스님의 법문을 듣는구나

팔공산 부도암

    암자에도 암자 나름대로 격(格)이 있다. 사람으로 치자면 굳이 입을 빌려 설명할 필요가 없는 인품 같은 것이다. 그런 까닭에 암자도 자신이 가진 분위기로 법문을 하는 듯하다. 나그네는 가람, 혹은 그 부속물들을 단순히 미학이나 건축학의 대상으로만 보지 않는다. 누더기 장삼이 스님 옷 중에서 가장 아름답듯 암자도 마찬가지이다. 돈 냄새를 풍기는 암자보다는 가난을 선택하고 사는 청빈한 곳이 더 맑고 진실해 보인다.

    부도암의 창건 역사는 조선 효종 9년(1658)으로 짧지만, 한때 대중이 72명이나 살았다고 하니 동화사 산내암자 중에서 가장 규모가 컸던 곳이다. 이런 사실은 그만큼 수행자들이 정진하기에 좋은 도량이었다는 뜻이다. 수행자들이 사랑하는 도량이란 우선 가르침을 주는 큰스님이 있고, 산세에 어울리는 둥지(가람)가 있고, 주위 풍광이 한없이 편안하고, 눈 맑은 도반들이 사는 곳이리라.

수행자들은 가르침을 주는 큰스님이 있고 산세에 어울리는 둥지가 있는 곳을 찾는다

암자를 바로 나가려니 점잖지 못한 것 같아 서너 번이나 도량을 돌아본다. 첫 인상의 아쉬움을 만회하고 싶어서이다. 꼼꼼히 뜯어보면 그래도 정이 들고 마음에 담아둘 사연이 있을 것 같다.

부도암은 비구니스님들이 수도하는 암자이다. 편견인지는 모르지만 그들을 대할 때마다 나그네는 한국 불교의 밝은 미래를 보는 것 같아 기분이 좋다. 마루에서 비구니스님 서너 명이 봄맞이를 하듯 문에 흰 창호지를 바르고 있는데, 그 모습도 가슴에 담아둘 만한 풍경이다. 일상에 충실한 모습이야말로 진리의 문을 여는 일이 아닐까. 중국의 조주 스님은 불법을 묻기 위해 찾아온 젊은 스님에게 먼저 이런 작은 일부터 하라고 말했음이다.

"차나 한잔 하게."

"공양을 했으면 바리때를 씻게나."

빨랫줄에 젖은 빨래를 널어놓고 바위에 앉아서 해바라기를 하고 있는 스님의 모습도 조주 스님이 지금 자리에 있다면 칭찬을 해줄지 모른다. 이런 일상 역시도 바리때를 씻는 일이나 다름없으리.

마침 초하루여서 신도들은 마루에까지 나와 스님의 법문을 듣고 있다. 어떤 신도는 자리가 없어 마당에서 불서를 들고 대여섯 살 되는 아이와 함께 서 있다. 아이는 엄마가 공부하고 있는 줄 알 것이고, 이 추억도 아이 가슴속에는 선한 씨앗善因으로 자리 잡을 것이다.

신도들의 법문을 귀 기울여 듣는 이 시각, 어찌 길짐승이라고 몰라볼까. 고양이 세 마리가 함부로 돌아다니지 않고 마루 밑에 앉아서 귀를 쫑긋 세우고 스님의 법문을 듣고 있다.

그래서 그런지 암자 뒤편 대숲이 한결 더 푸르다. 대밭에 자리한 굴뚝에

암자의 살림살이가 더도 말고 덜도 말고 대나무만큼만 청청하다면 좋으리라

도 다시 한 번 눈길이 간다. 잿빛 연기를 내뿜으면서도 자신은 정갈한 자태이다. 암자의 모든 살림살이가 더도 말고 덜도 말고 대나무만큼만 청청하다면 좋으리라.

비로암은 부도암에서 아주 가까운 거리에 있다. 동화사 주차장이 들어선 이후부터 그윽한 정취를 상실해가는 것 같아 안타까움이 더 드는 암자이다. 다만 신라 경문왕 3년(863)에 조성했다는 보물 제247호 삼층석탑과 보물 제244호 석조비로자나불좌상이 있어 암자의 구겨진 자존심을 힘겹게 지키고 있다.

나그네는 석조비로자나불과 그 광배에 조각된 세련된 문양에 감탄하며 비로자나불께 대신 사죄한다. 경내까지 신도들의 승용차가 들어와 있는데, 법문을 듣기 위해 왔다면 마땅히 바로 위쪽에 있는 주차장을 이용해야 하지 않을까. 제자는 스승의 그림자를 밟지 않는다는 격언이 있는데, 진리의 부처인 비로자나불이 계신 암자 마당에까지 감히 승용차 바퀴자국을 내고 있으니 씁쓸하기만 하다. 암자는 신도들의 무례한 꼴불견 때문에 끙끙 신음을 내뱉고 있다.

팔공산 부도암 부도암은 동화사 주차장에서 도보로 15분 거리에 있다. 비로암은 주차장 바로 밑에 있다. 가까운 거리이니 승용차는 가급적 주차장에 놓고 가는 것이 암자를 찾는 사람으로서의 예의이다. **전화** 054-982-0210

바위 속에서 들리는
염불 소리

팔공산 염불암

　팔공산 동화사의 산내암자 중에서 가장 높은 곳에 위치한 염불암念佛庵
이다. 암자 돌계단을 오르니 벌써 저녁공양을 알리는 소종小鐘 소리가 뎅뎅
뎅 울리고 있다. 암자 식구들은 이미 공양간으로 들어가버리고 나그네만
마당에 서 있자니 바람이 더 차갑다. 산자락은 이미 산그늘이 접혀 먹물이
번진 듯 수묵화처럼 변해 있다.

　염불암은 신라 경순왕 2년(928)에 영조靈照 선사가 창건하였다고 한다. 그
런가 하면 고려 때는 보조 국사가 중창하여 수행하였다고 하니, 그 서릿발
같은 선풍禪風이 오늘에 이르고 있는 도량이다.

　저녁공양을 하고 나온 한 스님을 만나니 비로소 안심이 된다. 날이 저물
고 있는 시각에 잠자리 걱정 하나는 던 것이다. 밤을 새우며 하는 '관음 기
도' 신도들로 요사는 다 찼지만, 마침 부목(나무꾼)이 기거하다 비운 온돌
방이 있다는 스님의 안내이다.

서릿발 같은 선풍이 오늘에 이르는 도량 염불암

짙은 안개 속에서 드러나는 팔공산의 영기

"냉골 방이 있는데 불을 때서라도 사용하시겠습니꺼? 이곳은 불편한 곳입니데이. 올해는 눈이나 비가 드물어 물도 부족합니더."

동행한 후배들과 나그네는 스님을 따라 냉골 방으로 가본다. 과연 방바닥은 얼음장이나 다름없다. 그러나 다행히 부엌에는 장작이 가득 쌓여 있다. 이럴 때는 자신을 태워 온기를 주는 장작이 바로 관세음보살이다. 해발 약 8백 미터의 협곡에다 해가 떨어진 초저녁이라 어느새 기온은 영하로 떨어져 있는 것이다.

후배들이 눈물 흘리며 장작을 피우는 사이, 나그네는 요사로 가 신도들에게 암자의 이런저런 얘기를 들어본다. 염불암의 자랑은 마애불인 모양이다. 설화는 밤에 들어야 제맛이 난다. 마애불에 얽힌 사연도 마찬가지이다.

극락전 오른쪽 위편에 있는 큰 바위에 얽힌 이야기이다. 옛날에 한 스님이 이 바위에 불상을 새기고자 법당으로 들어가 날마다 아미타불에게 기도하였다고 한다. 그러던 어느 날부터 암자에 짙은 안개가 끼기 시작하였고, 그런 지 7일 만에 걷혔는데, 그때 바위 속에서 염불 소리가 났다고 한다.

"그래서 스님이 바위 곁으로 가보니 문수보살님이 염불 소리에 따라서 한쪽은 아미타불을, 다른 한쪽은 보현보살을 새기고 있었대요."

바위 속에서 염불 소리가 들려 암자 이름을 염불암이라고 하였다는데, 아무래도 전설 따라 삼천리 같은 이야기여서 '믿거나 말거나' 식의 웃음이 나온다.

장작불을 지피고 있는 곳으로 가보지만 방은 여전히 냉골이다. 벌써 두어 시간을 아궁이에 불을 들였는데도 방바닥은 얼음장인 것이다. 후배들과 하룻밤을 보낼 일을 생각하니 눈앞이 더욱 캄캄해진다.

자신을 태워 온기를 주는 장작이 바로 관세음보살이다

그러나 방은 '빨리빨리병'에 걸린 일행을 나무라기라도 하듯 새벽부터는 열사熱砂처럼 뜨거워졌다. 방바닥에 살이 닿으면 화상을 입을 정도로 달구어져 있는 것이다. 냉골 방이라 하여 너무 많은 장작을 아궁이에 들인 것이 화근이리라.

이것도 방구들이 주는 마음속에 새겨두어야 할 법문이다. 어떤 일이든 조급해하지 말고 욕심내지 말라는 무정설법無情說法인 것이다.

나그네는 일찍 일어나 마애불 앞으로 가 합장을 한다. 하룻밤을 무사히 재워준 암자의 주인에게 감사의 표시라도 해야 할 것 같아서이다. 바위에는 설화 그대로 왼쪽에는 아미타불이, 오른쪽에는 보현보살이 새겨져 있다. 재미있는 풍경은 소나무 한 그루가 커다란 일산日傘처럼 마애불 옆에 서 있는 모습이다.

바위와 소나무가 너무나 잘 어울려 보이는데, 혹시 마애불을 새겼다는 문수보살이 소나무로 화현化現한 것은 아닐까. 나그네는 그런 상상을 하면서 천 년 전에 왔다 간 보조 국사를 떠올리며 암자 경내를 돌아본다.

팔공산 염불암 동화사 주차장에서 2킬로미터 거리에 위치한다. 가파른 산길이지만 잘 닦여 있어 40분 정도 걸린다. 승용차로도 갈 수 있다. **전화** 053-982-0226

사람과 자연이
어우러진 자리

천등산 영산암

　오래전에 영국의 엘리자베스 여왕이 다녀간 이후 더욱 유명해진 봉정사鳳停寺이다. 그 봉정사의 산내암자가 바로 영산암靈山庵이다. 그런데 엘리자베스 여왕은 봉정사의 극락전만 보고 영산암에는 들르지 않고 간 모양이다. 한마디로 아쉬운 일이다. 물론 극락전도 한국 최고最古의 건물로, 국보 제15호로 보호받고 있고, 여왕도 "집이 아니라 나무로 만든 하나의 조각품"이라고 감탄을 하였다지만 영산암의 고색창연한 건물과 자연 속의 앉음새를 보았다면 아마 더욱 놀랐을 것이다.

　봉정사는 신라 문무왕 12년(672)에 의상 스님이 창건하였다고 한다. 그러니 산내암자인 영산암도 봉정사의 창건 연대와 비슷하거나 그 이후가 될 것이다. 이곳 역시 창건에 얽힌 설화가 전해지고 있다. 절 입구의 소나무 그늘에서 설화를 음미해보는 것도 발걸음을 즐겁게 해준다.

　부석사를 창건한 의상 스님이 도력으로 종이새鳳를 만들어 날렸는데, 이

새가 날아가 앉은 자리에 절을 짓고서는 봉정사라 하였다는 이야기이다. 그런가 하면 천등산이라는 산 이름이 지어진 것은 의상 스님이 기도를 하기 위하여 산을 오르는데, 선녀가 나타나 하늘의 등天燈을 밝혀 들고 청조靑鳥가 앞길을 인도하여 지금의 대웅전 자리에 앉았기 때문이란다.

나그네는 극락전으로 먼저 가 참배를 한다. 절제미와 균형미, 함축미가 섞인 모양새가 한 편의 단아한 선시를 보는 느낌이다. 두말할 것도 없이 선시란 고승들의 정신세계를 언어로 표현한 것.

그렇다. 극락전을 보고 있는 것은 정신을 치열하게 담금질하는 당시 수행승들과 마주 대하고 있는 것과 다름없다. 그래서인가. 극락전의 마룻바닥에 엎드리니 등줄기가 서늘하다. 좌우로 난 두 개의 창도 꽃무늬 같은 기교를 부리지 않고 있다. 맞배지붕도, 창도 모두 한 편의 선시를 이루는 품격을 지니고 있다.

이와 대조적으로 영산암은 한 편의 곰삭은 산문이다. 자연 속에 사람 살아가는 모습이 깃들인 여유와 투박함이 느껴지는 곳이다. 암자 자체는 'ㅁ'자 형으로 어찌 보면 폐쇄적이지만 자세히 들여다보면 밖의 자연과 열려 있다. 아랫골에서 불어오는 바람이 지나가도록 누각 형식으로 터져 있는 것이다.

나그네도 누각에 올라 암자 밖을 내려다본다. 과연 암자는 자연을 거스르지 않으려 타협하고 있다. 그래야 여름에는 시원하고 겨울에는 따뜻할 테니까. 밖을 조망할 수 있게끔 건물을 지은 것은 스님들에게 자연이나 감상하며 세월을 보내라는 의도는 아니었을 것이다. 비록 저잣거리를 떠나 출가는 하였지만 인간 세상을 잊지 말라는 당부가 아닐까.

영산암에는 사람과 자연이 어우러져 있다

암자의 조그만 정원도 균형미를 무시한 파격이다. 응진전 계단 양쪽으로 대칭이 되지 않게 원래의 땅 모습 그대로 만들어놓았다. 그런가 하면 응진전 외쪽 앞에는 소나무 한 그루가 바위에 뿌리를 내리고 있다. 소나무 뿌리의 인욕忍辱에 바위에 금이 가 있는데, 실로 소나무가 보여주는 살아 있는 법문이 아닐 수 없다.

이러한 모든 모습이 있기에 영산암은 너무나 인간적이고 산문적으로 보인다. 나그네는 이러한 분위기가 좋다. 사람의 살림살이와 흡사하기 때문이다. 아직도 마당에는 잔설이 깔려 있다. 암자는 겨울 햇살에 노승처럼 졸고 있는 모습인데, 발을 디디고 선 마당은 겨울의 잔해가 남아 차갑다.

어떤 사람이 부처를 찾으려고 3년 동안 여행을 하였다고 한다. 그런데 그는 결국 집으로 돌아와서야 부처를 찾았단다. 자신을 기다리던, 반가워서 맨발로 뛰어나오는 자신의 어머니가 바로 부처라는 깨달음을 얻었다는 이야기이다. 건축가들도 이상적인 건축을 찾기 위하여 해외로 나가 몇 년을 유학을 하는데, 그들 중 어떤 사람은 진정한 건축과의 만남을 이 영산암에서 찾는다고 한다. 왜 건축가들에게 이 암자가 순례 코스가 되고 있는지 가만히 명상해볼 일이다. 봉정사에 가면 극락전에는 부처님이 있고, 영산암에는 사람과 자연이 어우러져 있다.

천둥산 영산암   경북 안동시 서후면 태장리에 있는 봉정사 산내암자이다. 암자는 봉정사 법당 오른편으로 1백 미터 뒤쪽에 있다. 전화 054-852-6879

회초리 같은
계곡의 찬물

희양산 동암

    누구에게 물어도 '희양산' 하면 봉암사이다. 그러나 거기에 동암東庵이 있다는 사실을 아는 이는 드물다. 나그네에게는 봉암사보다도 동암이 먼저 떠오른다. 물론 동암은 봉암사의 산내암자이다.

    나그네 나이 서른이 갓 됐을 때의 일이다. 그때도 봉암사는 조계종의 특별 선원이었으므로 일반인들의 출입이 엄격히 통제되어 있었다. 훗날 종정을 지내셨던 서암西庵 스님이 봉암사 조실로 계실 때였다. 취재를 갔는데, 선방을 공개하지 않겠다고 대중들이 반대하여 그냥 하룻밤을 묵은 일이 있었던 것이다.

    그때 40대의 한 스님이 나그네를 자신의 처소로 데리고 가 차를 따라주며 위로하여 주었다. 그 스님이 바로 몇 해 전까지 동암의 암주로 살았던 정광淨光 스님이다. 그러니 나그네는 희양산에 오면 동암과 정광 스님이 먼저 떠오르지 않을 수 없는 것이다.

'중요한 것은 생각과 행동이 일치하는 것이다'

출입이 까다로운 것은 예나 지금이나 마찬가지이다. 출입구의 관리실 사람이 이것저것 캐묻는다. 그러더니 전화로 원주스님과 통화를 하고는 일지에 용건과 이름을 기록한 뒤 바리케이드를 올려 통과시켜준다.

그래도 기분은 좋다. 수행승들을 위하는 이런 절이 있다는 사실이 고마운 것이다. 절 가는 길 옆으로 용추동천龍湫洞天이 흐르고 있다. 용이 꿈틀거리는 것 같은 계곡물이라 하여 붙여진 이름이다.

봉암사.

이곳이 바로 일제에 의해 훼손된 한국 불교를 되살리고자 우봉, 보문, 자운, 청담, 성철, 월산, 혜암, 법전 등이 결사結社를 하였던 절이다. 이른바 봉암사 결사이다. 이러한 수행 정신이 이어져 지금도 봉암사로 젊은 스님들이 모여들고 있는 것이다. 그러니 용추동천으로 흐르는 계곡물은 수행자들의 나태한 정신을 꾸짖는 회초리 같은 찬물이다. 결사 시절, 성철과 청담은 이런 일화를 남기고 있다.

청담의 공부가 왠지 겉도는 것 같자, 어느 날 성철이 법전을 불렀다.

"순호(청담) 수좌를 혼내주자."

"절친한 도반이 아니십니까?"

"마음이 통하는 도반이니 더 그런 기라."

성철은 겨우 법전을 설득해놓고 청담을 불러냈다. 그러더니 냅다 청담의 멱살을 잡아당기며 법전에게 그의 등을 밀라고 소리치는 것이었다. 이윽고 청담은 계곡물에 빠져 장삼을 다 적셨다. 가사만 젖은 게 아니었다. 계곡의 바위에 찢긴 정강이에서 피가 뚝뚝 흘러내렸고, 그 피가 계곡물을 붉게 물들이고 있었다.

그러자 청담은 소나기 맞은 들짐승처럼 계곡에서 아무렇지도 않게 걸어 나와 성철과 법전을 번갈아 보더니 큰소리로 웃었다는 것이다. 이런 우정이 있어야 진정한 도반이 아닐까.

암자는 봉암사 법당 오른쪽으로 5분 거리에 있다. 잔능선 하나를 돌아가면 바로 동암이 나타난다. 마침 스님이 계시는지 암자 밖에는 신발이 한 켤레 놓여 있다. 스님을 부르자, 문이 열리고 나이 지긋한 스님이 나그네를 바라본다. 스님이 나그네를 알아볼 리 없다.

나그네도 귀밑머리가 하얗고, 60대 초반이 된 나이다. 낯선 스님에게 차를 대접받는다. 차는 예나 지금이나 맛과 향기가 같다. 천 년 전 조주 스님이 오는 사람마다 권하였다는 차도 바로 이 맛이 아니었을까. 문득 정광 스님의 말씀이 떠오른다.

"한 생각을 목표에 두고 사시오. 가지치기를 하고 살라는 말입니다. 하나 더 중요한 것은, 생각과 행동이 일치하는 겁니다. 언행일치이지요."

이곳에서는 공양 시간 후, 졸음을 쫓기 위해 누구라도 울력을 하는 모양이다. 스님은 밭에 감자를 심어야 한다며 방에서 일어나신다. 찰나 같은 만남이었지만 스님의 일과를 어기게 할 수는 없다. 호미를 쥐고 밭으로 총총히 사라지는 스님의 뒷모습이 오히려 아름다울 뿐이다. 그러고 보니 봉암사 대중들도 농기구를 하나씩 들고 우르르 밭으로 가고 있다.

희양산 동암　문경시 가은읍 원북리에 위치한 봉암사를 찾아가면 된다. 다만 가기 전에 미리 봉암사 원주 스님의 허락을 맡아야 출입을 할 수 있다. **전화** 054-571-9088

북숭아 익는 소식을
뉘라서 알까

희양산 백련암

희양산 바위 봉우리가 보인다. 십 리 밖이지만 벌써 가슴이 설렌다. 바위 봉우리는 왕대 죽순처럼 홀연히 더 솟을 것만 같다. 지금까지 나그네는 저 봉우리를 두 번이나 보았다. 한 번은 오래전에 입적하신 서암 전 종정스님(당시 봉암사 조실)을 뵈러 갈 때였고, 또 한 번은 봉암사 선방의 선원장 스님을 뵈러 갈 때였다.

봉암사를 지켜온 수행자 중에는 한 분의 걸출한 선승이 있다. 백련암의 법연 스님이다. 가풍은 중국의 백장 선사와 닮았다. 스님은 수십 년 동안 삽을 들고 도량을 가꾸는 일에 진력하였고, 선풍을 진작시키는 일에 씨감자 역할을 하였다.

나그네는 백련암의 암주 법연法演 스님을 단 한 번도 만난 적이 없지만 세간에서 스님의 얘기를 접할 때마다 중국의 백장 스님이 떠올랐다. 『조당집』의 「백장록」을 보면 이런 구절이 나온다.

십 리 밖에서부터 가슴을 설레게 하는 희양산 바위 봉우리

스님께서 평생 동안 고생하고 절도 있게 수행한 일은 형용키 어렵거니와 날마다 울력에는 반드시 남보다 먼저 나섰다. 일 맡은 이가 민망하게 여겨 몰래 괭이와 호미를 숨기고 쉬기를 청하니, 스님께서 말하였다.

"내가 아무런 덕도 없는데 어찌 남들만 수고롭게 하겠는가."

스님께서 두루 연장을 찾다가 찾지 못하면 공양도 하지 않았다. 그러므로 '하루 일하지 않으면 하루 먹지 않는다'는 말이 천하에 퍼지게 되었다.

어디에선가 법연 스님의 얘기를 들은 적이 있다. 체구에 비해 유달리 손이 크고 투박하다는 지적에 스님은 이렇게 말하였다.

"언제 어디서 나타나건, 눈앞에 나타난 일은 모두 자신의 일입니다. 남이 해줄 일이 아닙니다. 봉암사에 처음 왔을 때 할 일이 참 많더군요. 지금의 봉암사가 되기까지 몇 십년이 걸렸습니다."

스님의 '눈썹선방'이란 말도 잊혀지지 않는다.

"옛날엔 눈썹선방으로 불린 곳이 많았어요. 얼굴에 눈, 코, 입이 없으면 살지 못하지만 눈썹이 없으면 죽지는 않잖아요. 보기에 좋지 않기는 하지만요. 눈썹선방이란, 있어도 그만 없어도 그만인 그런 선방을 말해요."

스님은 과거에 그런 선방이 많았다고 얘기하지만 오늘날 정말로 눈썹선방이 사라졌는지는 오늘을 사는 현재의 수행자들이 대답해야 할 것 같다.

그래서 오늘 나그네의 화두는 눈썹선방이다. 자신의 존재 역시 눈썹선방이 아닌지 묻지 않을 수 없다. 있어도 그만, 없어도 그만인 눈썹 같은 인생이 되어서는 딱한 일이다. 어느 자리에 있건 간에 남의 눈과 귀를 맑혀주고, 코에는 향기를 주고, 입에는 좋은 맛이 되는 존재가 되어야 하지 않을까.

지난 비에 수량이 불어난 용추동천의 개울물이 콸콸 소리치고 있다. 가습이 후련해진다. 절에서 듣는 물소리 바람 소리는 누구에게나 더없는 안심법문安心法門이다. 절 마당에 이르니 해제 때를 이용한 공사가 한창이다. 한 스님이 뒷짐을 지고 굴삭기 기사에게 무어라고 주의를 준다. 키가 작은 스님의 얼굴에는 미처 깎지 못한 흰 수염이 듬성듬성 나 있다. 먼저 선원장 스님에게 인사를 드리고 백련암을 오르는 것이 예의일 것 같아 키 작은 스님에게 다가가 그 스님이 계신 곳을 묻는다.

"스님, 선원장 스님은 어디에 계십니까?"

"저 요사채 뒤로 가시오."

문득 저 스님이 백련암 암주 법연 스님이 아닐까 하는 생각이 스친다. 얇은 입술에 작은 눈, 튀어나온 이마, 매부리코, 우악스러운 손 등등이 영락없는 스님의 이미지인 것이다.

그러나 나그네는 벌써 암자에 이르러 선원장 스님을 부른다. 스님은 언제 봐도 수행자의 기상이 넘친다. 첫 마디는 덕담이다. 나그네의 그간 살림살이를 덕담으로 평하는 것이다.

"정 선생, 얼굴이 맑습니다."

"서울 생활을 정리하고 시골로 내려가 산 지 십 년이 넘었습니다."

"아주 좋은 일입니다. 자신에게 새로운 환경을 제시하고 그것을 지키는 것이 바로 자신을 향상시키는 일입니다."

스님의 얘기는 늘 쉽고 힘이 실려 있다. 선이란 참선 수행자들의 전유물이 아니라는 스님의 말씀을 또 듣고 있지만 들을 때마다 반갑다. 차를 몇 잔이나 마셨을까. 봉암사의 저녁공양 시간은 밀고 당기는 법이 없다. 일 년 내내 오후 다섯 시이다. 스님을 따라 공양간으로 내려가 따뜻한 밥을 받는다. 스님이 좀 전에 나그네가 보았던 키 작은 스님과 마주앉는다. 스님이 나그네를 불러 비로소 소개를 해준다.

"이분이 법연 스님입니다."

나그네는 1배를 하고 나그네의 식탁으로 돌아온다. 공양 시간이니 말을 붙이는 게 결례이기 때문이다. 1배를 하며 흘깃 보니 젓가락을 잡은 손마디가 권투 선수처럼 굵다. 샌드백을 쳐서 그리 된 것이 아니라 괭이와 호미를 들어 굵어진 손마디이다. 공양이 끝나자 법연 스님은 또 공사 현장으로 직행한다. 나그네는 할 수 없이 혼자서 백련암으로 갈 수밖에 없다. 스님이 자세하게 일러준다.

"선방을 지나면 참나무가 나옵니다. 참나무에서 20보 정도 가면 오른쪽으로 난 산길이 있는데 그 길을 따라 가시면 됩니다. 난 지금 올라가지 못해요. 그러니 알아서 하시오."

스님의 기풍을 이미 엿보았는데 차 한잔 말고 더 무슨 얘기를 나눌 것인가. 나그네는 암자로 가는 산길로 접어든다. 물소리가 돌돌돌 들리는 호젓한 오솔길이다. 꽃향기에는 주인이 없다. 암자에 들어서자마자 꽃향기가 물 끓듯 비등한다.

'이곳이 바로 수류화개水流花開이구나.'

암자에는 물 흐르고 꽃이 피어 있다. 산토끼가 스님의 머거리를 뜯기도 하는 모양인지 고수 밭 주위에는 검은 망이 쳐져 있다. 언젠가 나그네는 어느 책에서 스님의 살림살이를 엿본 적이 있다. 스님의 식구는 산토끼 두 마리, 불두화 나무 밑동의 개미를 먹고 사는 두꺼비 두 마리, 반딧불이 네 마리, 축대 밑에 사는 밀뱀 한 마리 등이었다.

절에서 듣는 물소리 바람 소리는 누구에게나 더없는 안심 법문이다

스님의 식구가 이러하니 혹시라도 스님께 외롭지 않으냐고 묻는다면 싱겁기 짝이 없는 우문愚問이 되고 말 것이다. 백련암에 안거하기 시작한 스님과 햇수를 같이한다는 축대 앞의 복숭아나무 꽃이 붉다. 이제는 복숭아가 주렁주렁 열린다고 한다. 복숭아 익는 소식을 뉘라서 알까. 백련암을 드나드는 산새들이 일용할 양식으로 삼을 뿐이다.

희양산 백련암 문경시 가은읍까지 와서 봉암사 가는 길로 들어서면 된다. 봉암사는 사전에 허락을 받아야 출입이 허락되는 절이다. 백련암은 선방 위로 난 산길을 조금 가다가 오른쪽으로 난 오솔길을 따라 10여 분 오르면 나타난다. **전화** 054-571-8067

미남 돌부처님을
'눈 속의 눈'으로 보라

남산 보리사

　경주의 옛 이름은 서라벌인데, 우리들이 흔히 사용하는 '절반'이라는 말은 이곳에서 유래했다고 한다. 서라벌에는 절이 반, 민가가 반이었던 것이다. 지금도 경주에 들어서면 여기저기에서 왕궁 터와 절터를 발굴하는 모습이 눈에 띈다.

　신라 헌강왕 12년(886)에 창건된 보리사에 가는 길에도 발굴 중인 망덕사 터와 사천왕사 터가 보인다. 절 터 하나가 요즘의 대학교 캠퍼스만 하여 발굴 작업이 오랜 시간 동안 꾸준하게 진행되고 있다. 왕릉이나 탑들은 이미 드러나 있지만 땅에 매장된 불교 유물들은 서라벌의 비밀을 간직한 채 아직도 잠을 자고 있는 것이다.

　경주에 갈 때마다 꺼내보는 단상斷想이지만 우리나라의 고도들을 모두 국가 예산으로 관리하는 '역사특별시'로 보존하면 어떨까 싶다. 복원할 것은 복원하고, 보존할 것은 보존하여 가능하면 옛 시대의 풍경을 유지하며

천년의 고도 경주는 걸출한 고승을 가장 많이 배출한 도시이다

현재와 공존시키는 것이다. 특히 신라 천년의 고도 경주는 원효, 의상, 원광, 자장, 명랑, 혜통, 혜초, 원측, 지장 등등 걸출한 고승을 가장 많이 배출한 도시가 아닌가. 아직까지 경주에 고승 기념관이나 고승 공원 하나 없는 현실이 안타깝기만 하다. 지난 유물을 감상하는 것도 좋지만 '나'라는 울타리를 벗어나 세상을 위해 살았던 고승들의 기념관 같은 데서 자기 인생을 명상하고 사색하는 것도 뜻깊지 않을까.

보리사에 드니 벌써 대숲과 솔숲에 석양빛이 스며 있다. 외출하려는 비구니스님에게 합장하니 미소를 짓는다. 주지스님인가 싶어 용건을 말한다.

"보리사에 잘생긴 부처님을 뵈러 왔습니다."

"하루 종일 해가 비치지 않아 부처님 사진은 실제보다 잘 안 나올 겁니다."

보리사가 자리한 미륵골은 해가 아침부터 저녁까지 피해가는 지형인 모양이다. 나는 속으로 '그러니 더 좋지요' 하고 느낌표를 찍는다. 양각이나 음각의 돌부처님을 감상하기 좋은 시각은 아침이나 석양 무렵인데, 비 그친 다음 날은 촉촉한 질감까지 느껴진다. 물론 보름날 전후로 그윽한 달빛이 어릴 때가 가장 환상적이고! 돌부처님의 얼굴과 옷자락 등에 음영이 또렷해지면 마치 살아 있는 듯한 느낌을 주는 것이다.

석가여래좌상(보물 제136호)은 법당 왼쪽에 위치한 삼성각 뒤편에 있다. 삼성각 좁은 마당에는 소나무 세 그루가 날씬하게 서 있다. 관광객인 듯한 사람이 삼성각을 지나치면서 말한다.

"소나무 세 그루를 모시고 있어 삼성각인가?"

소나무 신神을 모신 전각이라면 삼송각三松閣이 돼야 마땅할 것이다. 그러나 우리나라에 그런 전각이나 당우는 없다. 내가 석가여래 돌부처님을 만나러 가는 길에 심심하여 지어본 이름이다.

  사람들은 문화재를 감상할 때 먼저 안내문을 읽는다. 그래서는 안 된다. 그 순간 문화재는 생명력을 잃어버린다. 문화재의 가치가 글쓴이의 몇 줄로 규정돼버린다. 문화재는 마음으로 만나야 한다. '눈 속의 눈'으로 보아야 한다. 그러려면 아무런 선입견 없이 무의식 혹은 무의식 저편의 의식으로 만나야 한다.

  석가여래 돌부처님도 마찬가지이다. 무의식 저편의 의식은 누구나 다 가지고 있는 심미안審美眼을 일깨운다. 보편타당한 정답을 가르쳐준다. 설명할 수도 없고 이름 붙일 수도 없는 그것만의 미를 느낄 수 있게 한다. '오! 부처님' 하고 감탄사를 자기도 모르게 터뜨리면 그것이 전부이다. 가슴 속에서 솟구친 순수하고 폭발적인 느낌은 어느 글로도 다 설명하기에는 역부족인 것이다.

  그런 느낌 뒤에 안내문을 보아도 늦지 않다. 다행히 석가여래 돌부처님 안내문은 일본식 한자를 털어버린 쉬운 우리말로 쓰여 있어 그나마 거북하지 않다. 남녀노소 누구나 이해할 수 있는 글이다. 그대로 옮겨본다. 공식 명칭은 '경주 남산 미륵곡 석불좌상'이다.

  "이 불상은 경주 남산의 동쪽 기슭에 신라 시대 보리사 터로 추정되는 곳에 남아 있는 석불좌상이다. 전체 높이 4.36m, 불상 높이 2.44m의 대작이며, 현재 경주 남산에 있는 석불 가운데 가장 완전한 것이다."

  연꽃팔각대좌 위에 앉아 있는 이 불상은 석가여래좌상이다. 반쯤 감은 눈으로 이 세상을 굽어보는 모습이라든가 풍만한 얼굴의 표정이 자비로우면서도 거룩하게 보인다. 별도로 마련된 광배光背에는 연꽃띠 바탕 사이사

석가여래 돌부처님은 '눈 속의 눈'으로 만나야 한다

무의식 저편의 의식은 누구나 가지고 있는 심미안을 일깨운다

이에 작은 불상化佛을, 그 옆에 불꽃 무늬를 새겼다. 손 모양은 오른손을 무릎 위에 올려 손끝을 아래로 향하게 하고 왼손은 배 부분에 대고 있다.

특히 '배 모양의 광배舟形光背' 뒷면에는 모든 질병에서 구제한다는 약사여래좌상이 선각되어 있는데, 왼손에는 약그릇을 들고 있다. 손모양手印의 의미에 대해서는 설명하지 않고 있는데, 석가모니 부처님께서 성도 직전에 자신을 유혹하던 모든 악마를 물리치고 항복을 받았던바 한자로는 항마촉지인降魔觸地印이다. 여기서 악마란 번뇌 망상을 형상화한 것이 아닐까 싶다.

마애불은 절에서 내려와 주차장에서 산길을 타고 10분쯤 걸어 올라가야 만날 수 있는데, 슬그머니 웃음을 자아내게 한다. 돌부처님의 양손과 두 발을 옷자락 선線 몇 개 속에 숨겨버린 것이다. 돌부처님을 조각한 장인이 나처럼 게으르거나, 아직은 부처님의 손가락 발가락까지 표현해내는 실력이 모자랐거나, 그것도 아니라면 장난기가 발동해 그랬는지도 모르겠다.

돌부처님 발밑에 꽃다발이 하나 놓여 있다. 도톰한 볼에 미소가 가득한 돌부처님이다. 석가여래좌상이 '미남 돌부처님'이라면, 마애불은 '마음씨 착한 이웃 아저씨' 같은 분으로 또 다시 찾아와 만나고 싶은 돌부처님이다.

남산 보리사 승용차는 경주박물관 앞에서 7번 국도를 이용하는데, 울산 불국사 방향으로 1.7킬로미터쯤 가다가 사천왕사터 앞에서 우회전하여 4백여 미터쯤에서 화랑교를 건너 앞에 보이는 갯마을로 진입하면 보리사 입구가 나온다. 시내버스는 경주버스터미널에서 나와 관광안내소 맞은편 정류장이나, 경주역에서 불국사 방면으로 가는 버스를 타고 가다가 화랑교육원 바로 전인 갯마을 입구에서 하차하면 된다. 전화 054-748-0794

배롱나무꽃 무더기 속에서
석탑을 보다

선방산 지보사

    오락가락하던 비가 개었다. 비에 씻긴 선방산船放山 산색이 더없이 푸르다. 그런데도 지보사持寶寺 가는 길의 내 마음은 청명하지 못하다. 몇 년 전에 소신공양한 문수 스님이 1천 일 동안 동구불출의 수행을 했다는 지보사 가는 길이기 때문일 것이다.

    군위읍에서 가까운 거리에 김수환 추기경의 생가가 있건만 그곳의 방문은 다음 기회로 미룬다. 추기경 어른의 생가에 들를 만큼 마음이 한가롭지 못하다. 자기 몸을 불태워 부처님(진리)께 바치는 소신공양의 의미가 나를 먹먹하게 한다. 너무 큰 충격이었다. 솔직하게 고백하자면 안타까운 나머지 분노가 치민다. 이 세상은 스님의 소신공양을 받아도 될 만큼 진실한 정토인가. 스님께서는 탐욕으로 치닫는 무한 경쟁의 세상을 온몸으로 나무라고 가신 것이다.

    지보사는 군위읍에서 그리 먼 거리에 있지 않다. 읍에서 벗어나자마자 한가로운 산길이 이어지더니 어느새 지보사 경내다. 절 주차장 한쪽이 거뭇거뭇하다. 문수 스님을 다비한 연화대였던 것 같다. 스님은 저 연화대에서 24과의 사리를 남기고 이승을 떠나셨다. 1천 일 동안 무문관 수행을 하시던 스님의 화두는 무엇이었을까.

스님은 하루 한 끼 공양을 받으며, 자기 자신을 위해 정진한 것이 아니라 세상을 위해 치열하게 고뇌한 것임이 스님의 유서에 드러나 있다.

'4대강 사업을 즉각 중지 폐기하라. 부정부패를 척결하라. 재벌과 부자가 아닌 서민과 가난하고 소외된 사람들을 위해 최선을 다하라.'

보화루 오르는 계단 입구의 바위에 음각된 글씨를 보면서 호흡을 고른다. 낯익은 문장이다.

'생각은 말이 되고, 말은 행동이 되고, 행동은 습관이 되고, 습관은 운명을 좌우한다.'

잊지 말아야 할 좋은 말씀이다. 그러나 부처님 법문이라 하더라도 말씀에만 머무르면 박제된 지식일 뿐이다. 내 삶이 변화하려면 좋은 말씀이 지혜로 승화되어야 한다. 나는 계단을 오르면서 말씀을 거꾸로 음미해본다.

'운명을 바꾸려면 습관을 바꿔야 되고, 습관을 바꾸려면 행동을 바꿔야 되고, 행동을 바꾸려면 말을 바꿔야 되고, 말을 바꾸려면 생각을 바꿔야 된다.'

피동적인 말씀이 능동적으로 바뀌었다. 수행이란 한 생각을 바꾸는 용맹정진인 것 같다. 흔한 말로 사고의 대전환이 수행이다. 『반야심경』도 잘 살펴보면 사고의 대전환을 요구하고 있다. 사고의 대전환이란 깨달음과 동의어일 것이다. 실체가 없는 모든 존재의 본질을 사무치게 깨달아서 집착

내 삶이 변화하려면 좋은 말씀이 지혜로 승화되어야 한다

생각이 말이 되고
말이 행동이 되고
행동이 습관이 되고
습관이 운명을 좌우한다
부처님 말씀중에서

'여기 한 죽음이 있습니다. 세상의 빛이 된 죽음입니다'

과 탐욕을 벗어나 영원한 행복을 누리라는 메시지가 『반야심경』의 핵심이리라.

지보사는 신라 문무왕 13년(673)에 의상 대사가 창건했다고 한다. 보물을 많이 지니고 있다고 해서 지보사라고 했다지만 내 눈을 사로잡는 보물은 보화루 왼쪽에 있는 삼층석탑(보물 제682호)이다. 통일신라 시대 양식의 팔부신중八部神衆이나 사자 등의 조각 솜씨가 우수해 보물로 지정됐을 것이다. 때마침 배롱나무꽃 무더기가 피어나 석탑이 더욱 우아하고 장엄한 느낌이 든다.

대웅전의 편액 글씨가 정겹다. 입적하신 일타 큰스님의 글씨다. 동글동글하게 뭉쳐 이어지는 독특한 선필禪筆이다. 아직도 대웅전에는 문수 스님의 영정사진이 봉안돼 있다. 큰 눈은 옹달샘처럼 맑고 꼭 다문 입가에는 결기가 배어 있다.

'스님께서는 하루 한 끼 떡 한 쪽으로 1천 일을 정진하신 분이었습니다. 정진을 마치시고 절에서 가까운 주유소를 들렀다가 낙동강가로 나가 단정히 가부좌를 틀고 소신공양을 했습니다.'

문수 스님 영전에 3배를 하는데 갑자기 불교 환경운동을 주도했던 수경 스님이 어느 일간지에 기고한 추도사가 떠오른다. 소신공양한 문수 스님을 기리는 글이었다.

'여기 한 죽음이 있습니다. 세상의 빛이 된 죽음입니다. 소신공양입니다. 자신의 몸을 심지로 삼아, 자신이 믿고 따르는 가르침을 온 세상에 드러내 보였습니다. 문수 스님입니다. 스스로 몸을 불살라 시대의 미망에 빛을 드리웠습니다. (중략)

문수 스님은 3년간 무문관 수행을 한 수좌입니다. 아직 깨달음을 얻지 못한 사람으로서 함부로 할 말이 못 되지만, 문수 스님은 생사의 관문을 뚫었습니다. 일대사를 마친 후 가부좌를 풀었습니다. (하략)'

소신공양의 의미가 겨우 풀리는 느낌이다. 지보사 법당 마룻바닥에 엎드려 헤아리는 자각自覺이다. 법당을 나서는데, 배롱나무꽃 무더기 속에 선 석탑이 나를 다시 부른다. 문득, 배롱나무꽃 무더기가 문수 스님을 불사르는 불길로 보인다. 그러나 사람들에게 해를 입히는 화마가 아니라 세상을 아름답고 향기롭게 하는 꽃불이다. 문수 스님이야말로 지보사의 무형의 보물이 아닐까 싶다.

지보사를 내려서는 길에 잘생긴 석종石鐘 모양의 부도를 참배하면서 무염당無染堂이란 음각 글씨를 보고 묘한 인연이라는 느낌에 휩싸인다. 내 법명이 무염이니 부도의 주인공과 동명이인同名異人이다. 자세히 살펴보니 신라시대 성주산문을 개창한 무염 국사는 아니다. 조선 숙종 26년(1700)에 무염당의 제자 수언守彦이 부도를 세웠다는 명문이 있기 때문이다. 영광 불갑사 삼존불을 조각한 그 무염 스님일 것이다.

선방산 지보사 서울에서 승용차로 갈 경우, 경부고속도로에서 영동고속도로로 바꾸어 신갈분기점에서 다시 중부내륙고속도로를 타고 내려가다가 상주나들목에서 나와 군위 방면으로 달리다 보면 지보사 안내 표지판이 보인다. 부산, 대구, 광주에서 올 경우는 중앙고속도로를 타고 올라가다 군위나들목으로 나와 첫 삼거리에서 우회전하여 의성 탑리 방면으로 2킬로미터쯤 달리다가 지보사 안내 표지판을 보고 좌회전하여 산길을 오르면 지보사가 나온다. **전화** 054-383-2898

풍류란 바람으로
마음을 읽는 것이다

비슬산 유가사

    절에는 시詩가 있어야 한다. 절은 한 권의 시집詩集이어야 한다. 내가 늘 말하는 바이지만 시詩란 말씀 언言 자와 절 사寺 자가 결합된 것이다. 속기를 털어버린 수행자의 탈속한 말은 곧 시가 되는 것이다. 불립문자라 하여 시문을 경원시하는 스님이 더러 있는데 천만의 말씀이다.

    천년 고찰을 가보면 어디나 고승들의 절창이 남아 있다. 그런데 그 시들을 시판詩板으로 만들어 보여주는 절은 찾아보기 힘들다. 스님들의 관심과 인식이 부족해서이다. 시비를 세운답시고 거창하게 돌에 새길 필요는 없다. 쓰고 남은 나무판자에 대중스님의 붓글씨로 소박하게 소개하면 그뿐일 것이다.

    오랜만에 시정이 넘치는 절로 가고 있다. 언젠가 해 질 녘에 한 번 와본 적이 있는 유가사이다. 유가사는 통일신라 홍덕왕 2년(827) 도성道成 국사가 창건했다고 한다. 도성은 보각 국사 일연 스님이 편찬한 『삼국유사』에 나오

는 도인이다.

『삼국유사』 제5권 피은편避隱篇 포산 이성包山二聖, 즉 포산의 두 성인을 얘기하는 부분에 나온다. 포산은 현재의 비슬산을 말하는데, 그 아름다운 내용은 '도성암' 편에서 소개한 바 있다.

미당 서정주 시인은 『삼국유사』의 '포산이성包山二聖'의 내용을 보고 「소슬산 두 도인의 상봉시간」이라는 제목의 시를 지어 남긴다.

도인 관기는 소슬산 남쪽 봉우리 아래 초막을 엮어 살고, 도인 도성이는 소슬산 북녘 모롱 밑 동굴 속에 계시면서, 서로 친한 친구인지라, 십리쯤 되는 둘 사이를 오락가락하고 지냈습니다만, 그 만나는 시간 약속은 모년 모월 모일 모시와 같은 우리들이 쓰는 그런 딱딱한 것이 아니라, 훨씬 더 멋들어진 딴 표준을 썼습니다.

즉— 너무 거세지도 무력하지도 않은 이쁜 바람이 북에서 남으로 불어 산골 나뭇가지의 나뭇잎들이 두루 남을 향해 기울며 나부낄 때면, 북령의 도성이는 그걸 따라 남령의 관기를 찾아 나섰고, 그 바람을 맞이해서 관기는 또 마중을 나왔어요.

적당히 좋은 바람이 그와 또 반대로 남에서 북으로 불어 산의 나뭇가지의 나뭇잎들을 모조리 북을 향해 굽히고 있을 때는, 남령의 관기가 북령의 도성이를 찾아 나서고, 도성이는 또 그 바람을 보고 마중을 나오고…… 어허허허허허허……!

유가사 입구에 이르니 일연 스님의 시비詩碑가 먼저 나를 반긴다. 바위 앞
면과 뒷면에 각 한 편씩 새겨져 있다. 두 편 모두 관기와 도성의 얘기를 듣
고 쓴 일연 스님의 시인데, 빼어난 절창이다.

산나물 풀뿌리로 배를 채우고
나뭇잎 옷으로 몸을 가리우니
누에 치고 베 짜지 않았네
찬 솔 나무 돌너덜에 소슬바람 불어
해 저문 숲엔 나무꾼도 돌아가고
깊은 밤 달 아래 앉아 선정에 들어
이윽고 부는 바람 따라 반쯤 날았도다
해진 삿자리에 가로누워 잠이 들어도
꿈속에서라도 혼은, 속세에 이르지 않았으니
구름이 놀다 간 두 암자 터에
산 사슴 마구 뛰놀고 인적은 드물구나.

같은 바위 다른 면에 새겨진, 역시 일연 스님의 시다.

달빛 밟고 서로 오가는 길 구름 어린 샘물에 노닐던
두 성사의 풍류는 몇 백 년이나 흘렀던가
안개 자욱한 골짜기엔 고목만 남아 있어

풍류란 바람이 흐르는 것을 보고 마음을 읽는 고도의 낭만이다

뉘었다 일어나는 찬 나무 그림자 아직도 서로 맞이하는 듯.

특히 이 시에서는 풍류風流라는 단어가 눈에 뗀다. 풍류란 음주가무가 아니라 바람이 흐르는 것을 보고 마음을 읽는 '고도의 낭만'인 것이다. 우리 한국인만의 멋이 있다면 바로 그런 것이 아닐까 싶다.

천왕문 가까이 다가서니 백담사 조실 오현 스님의 시비가 보인다. 아직 관기와 도성의 풍류에는 이르지 못한 느낌이나 '싸락눈 매운 향기'라는 구절이 가슴을 적신다.

비슬산 구비 길을 누가 돌아가는 걸까
나무들 세월 벗고 구름 비껴 섰는 골을
푸드득 하늘 가르며 까투리가 나는 걸까
거문고 줄 아니어도 밟고 가면 韻 들릴까
끊일 듯 이어진 길 이어질 듯 끊인 緣을
싸락눈 매운 향기가 옷자락에 지는 걸까
절은 또 먹물 입고 눈을 감고 앉았을까
萬 첩첩 두루 적막 비워 둬도 좋을 것을
지금쯤 멧새 한 마리 깃 떨구고 가는 걸까

경내로 들어서니 외호신장을 모신 깜찍한 국사당局司堂 옆에 육조 혜능 대사의 게송이 새겨진 시비도 서 있다.

보리에는 본래 나무가 없고

밝은 거울 또한 받침대가 아니다.

본래 한 물건도 없는데

어느 곳에 때와 먼지가 끼리요.

　방아지기 행자 혜능은 이 게송을 지어 오조 홍인 대사의 법을 잇는 상수 제자上手弟子로 비약하는바, 초입에서부터 시를 음미하며 오르는 동안 유가사의 내면을 다 보아버린 듯하다. 주지 계성 스님은 출타하고 없다. 소임을 보는 한 스님이 차를 권하나 다음 기회로 미루고 만다. 혜능 대사의 '본래 한 물건도 없는데 어느 곳에 때와 먼지가 끼리요' 하는 구절에서 눈에 낀 헛것이 떨어진 것 같아 좋은 차를 마신 것 이상의 기분이다.

비슬산 유가사　서울이나 부산에서 승용차를 이용할 경우, 중부내륙고속도로나 구마고속도로로 들어가 현풍인터체인지를 나와 현풍면사무소에 이르면 이정표가 보인다. 대구 서부정류장에서 주말마다 600번 버스가 운행되고, 현풍정류장에서는 5번 버스가 종점인 유가사까지 운행되고 있다. **전화** 053-614-5115

미물과 내가
무엇이 다르리

태백산 금봉암

태백산의 금봉암(옛 동암)을 취재한 적이 한 번 있다. 월간 『샘터』지에 「암자로 가는 길」을 연재하고 있었으므로 원효 스님이 창건하였다는 각화사 산내암자인 금봉암을 취재차 찾아갔던 것이다.

그런데 나그네는 왜 이제야 기억이 희미해진 동암 얘기를 꺼내는가. 그때 소개하지 않고 왜 이제 다시 떠올리는가. 그것은 "얼마만큼이라도 공부할 수 있도록 암자를 소개하지 말아 달라"라는 한 스님의 부탁이 있었기 때문이다.

각화사 뒷문으로 나가 미끄러운 얼음길을 엉금엉금 30여 분 올랐을 것이다. 암자는 선방의 수좌처럼 단아한 모습으로 나타난다. 햇살이 잘 들어 잔설은 응달이나 돌담 밑으로 물러나 있고, 멀리 안동시 학가산까지 시야가 탁 트이고 햇살 투명한 양명한 곳이니 어찌 암자가 깃들이지 않으리.

작은 암자가 그러하듯 인법당人法堂의 큰방은 선방 겸용. 부처님께 참배하

려 하였으나 스님 한 분이 참선 중이었으므로 나그네는 밖에서 잠시 기다
려야 하였다. 참선 중인 스님의 얼굴빛은 다르다. 마치 겨울의 찬 공기를 쐬
며 푸름을 한 켜 한 켜 재우는 배춧잎처럼 영기靈氣가 배어 있는 것이다.

아침 참선을 마친 스님은 어느새 발우에 담긴 물을, 기왓장으로 원 모양
을 만든 곳에 붓고 있다. 무심코 버리는 줄 알았더니 나직한 음성으로 설명
을 해준다.

"아귀들한테 주는 물입니다. 아귀는 목구멍이 작아 물밖에 먹을 수 없지
요. 스님들은 발우 씻은 물로 아귀를 제도하지요."

그런가 하면 헌식대에 과일을 올려놓고 있다.

"따지고 보면 미물과 내가 다르지 않지요. 나라는 생각을 버리면 한 몸
이 되는 것이지요. 이것이 중도中道가 아니겠습니까."

아귀를 사랑하고 미물을 사랑하는 것은 '너'와 '나'라는 집착이 없기 때
문이리라. 그리고 보니 어느 선사의 이런 일화도 생각난다.

선사가 잠을 자는데 공양간에서 인기척이 들린다. 밤하늘에는 별이 빛
나고 있다. 별빛으로 드러난 공양간을 보니 도둑이 들어와 쌀을 지게에 얹
고서 끙끙대고 있다. 도둑은 며칠을 굶었는지 쌀의 무게에 눌려 일어나지
못하고 있는 것이다.

선사는 가만히 도둑의 뒤로 가 지게를 밀어준다. 놀란 도둑이 지게에 올
린 쌀을 다시 내리려 하자 선사는 나직한 음성으로 말한다.

"어서 산을 내려가시오. 뒤돌아보지 말고 어서 내려가시오."

도둑일지라도 '그대는 도둑, 나는 스님'이라는 집착이 없으니 쌀을 나누

시야가 트이고 햇살 투명한 곳이니 어찌 암자가 깃들이지 않으리

미물과 내가 다르지 않고, 나라는 생각을 버려 한 몸이 되는 것이야말로 중도이다

어 먹으려는 자비심이 나오는 것이다. 이런 것이 바로 중도이고, 중도야말로 부처님 마음이 아닐까. 우리는 흔히 벽을 허물고 살자는 말을 한다. 그러나 이 말은 '나'라는 벽(아집)을 인정하고 하는 말이다. 자비로 충만한 부처님 마음에 허물어뜨릴 벽이 어디에 있겠는가. 너와 나라는 집착을 버리면 자비만 있을 뿐, 벽은 마음 어디에도 없는 것이다.

　나그네는 점심때를 놓쳐 허기가 졌지만 암자에서 깨우침 한 그릇을 공양받았다는 느낌이 든다. 비록 차 한 잔, 물 한 그릇 얻어 마시지 못하고 하산을 하였지만 푸대접을 받았다는 생각은 조금도 들지 않는다.

　그렇다. 아귀에서 도둑까지도 사랑할 줄 아는 마음, 이런 마음이야말로 부처님 마음이 아니겠는가. 이런 정신이야말로 이 세상을 극락정토로 만드는 힘이 아닐까. 오늘 우리들은 여러 가지 그럴듯한 명분으로 부처님 마음을 스스로 외면하고 있다. 부처님 말씀만 앵무새처럼 외워 흉내 내고 있을 뿐이다.

태백산 금봉암　각화사 법당 오른편 뒷산 길로 오르다 보면 개울이 나오는데 개울을 건너서 조금 오르면 다시 개울이 나온다. 이때는 개울을 건너지 말고 왼편 산길로 30여 분 오르면 암자에 다다른다. **전화** 054-672-8055

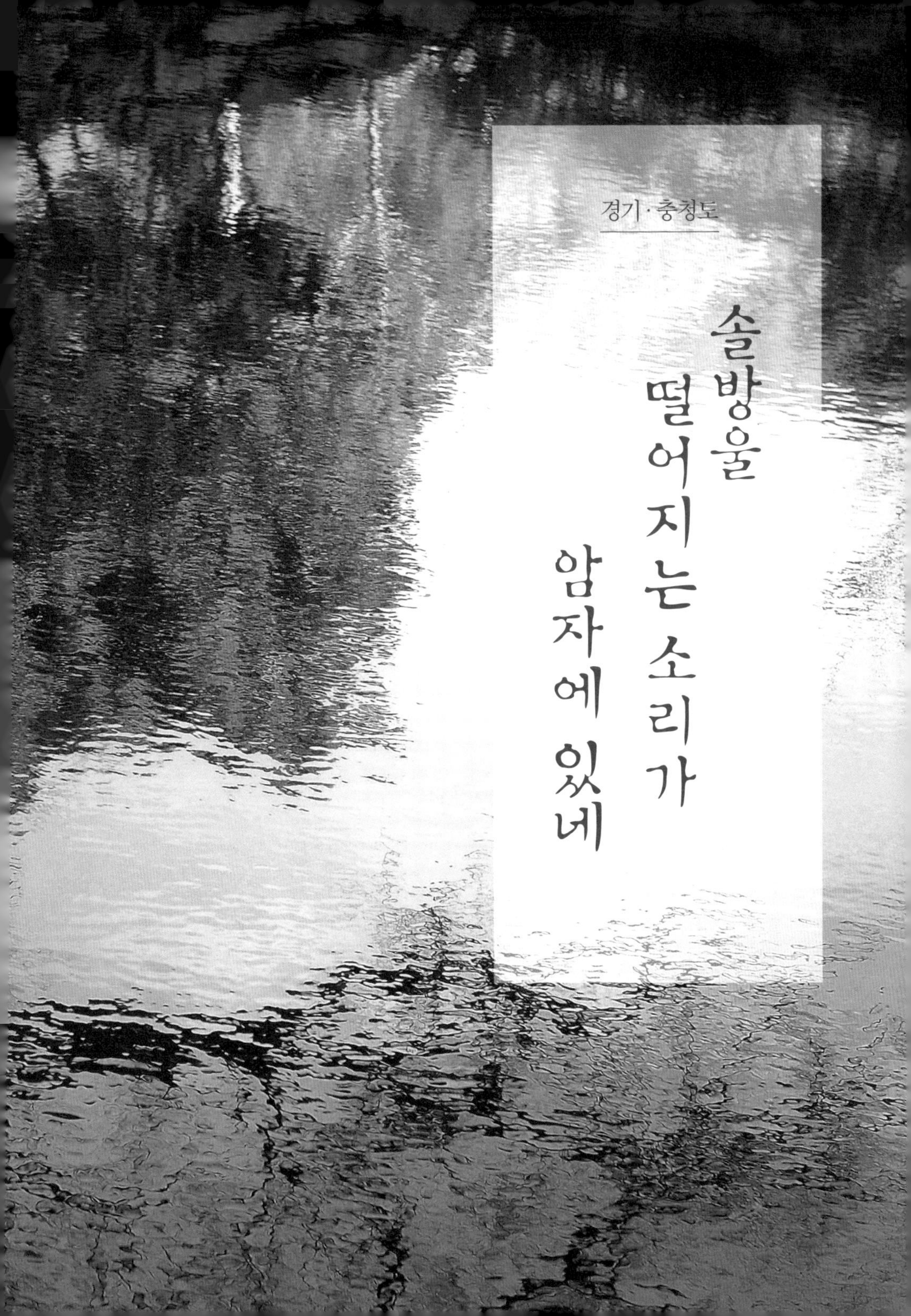

경기·충정도

솔방울 떨어지는 소리가 암자에 있네

암자의 부도는
이끼 낀 돌덩이로 침묵하고 있는 것이 아니라
깨우침을 주고자 하는 옛 스승의 묵언의 가르침이다

눈길에 저절로
씻기는 헛 욕심

삼성산 염불암

　새해도 벌써 한 달이 지나가고 있다. 눈길을 오르다가 가만히 뒤를 돌아 저잣거리를 내려다보니 무언가 속았다는 느낌이다. 방송에서 연일 거국적으로 떠들어대니 '새해'라는 현란한 언어 마술에 걸려들지 않을 수 없었던 것이다. 나그네도 새해에는 이런 작품을 쓰겠다, 새해에는 이렇게 살겠다며 결제에 들어간 수행자처럼 한 달 동안 방문을 닫고서는 잠을 자다가도 독립 만세를 외치듯 '새해' 하고 잠꼬대했음이다.

　결론적으로 정신의 무게는 허해지고 육신의 몸무게만 늘어나고 말았다. 완만한 눈길을 오르는데도 자꾸 암자까지의 거리를 표시한 이정표를 찾게 되고 예전과 달리 다리 근육이 더욱 뻑뻑하다.

　물론 자신과의 약속이 부질없다는 것은 아니다. 새해를 단순히 디지털의 숫자로만 인식하지 않고, 정신의 눈금이랄까 분기점으로 삼겠다는 각오가 어찌 허물이라고만 할 수 있겠는가. 그러나 새해라는 단어에 짓눌려 삶의 리듬을 잃은 채 한 달 동안이란 시간을 도둑맞은 것은 사실이다. 자신이 헛눈 팔아서 자초한 결과이니 누구를 탓할 것은 없지만.

삼성산은 관악산과 등을 맞대고 있는 동생뻘 되는 산이다. 풍수상 한양의 흰 호랑이白虎가 관악산이라면 삼성산은 안양의 아우 호랑이인 셈이다. 호랑이는 기백을 상징하는바 나그네는 산의 정기를 흠뻑 들이마시며 힘을 낸다.

눈 내리는 날의 암자는 사람들의 발길이 끊어져 있으니 나그네하고는 궁합이 맞는다. 집 식구들은 하필이면 눈 내리는 날 위험하게 산을 찾아가느냐고 의아해하지만 나그네는 사람의 그림자가 없는 고적한 암자가 좋다.

대관령 고지에서 눈과 찬바람을 수없이 맞고서야 일품이 된다는 동태를 떠올리며 눈길을 오르는 맛이란 동행하여 보지 않은 사람은 모른다. 서울 근교의 절이 그러하듯 염불암念佛庵 가는 산길도 잘 닦여 있어 위험하지 않고, 눈이 내려 쌓이면 승용차들이 오르지 못하므로 호젓한 분위기가 더한 것이다.

삼성산三聖山은 원효, 의상, 윤필 등의 세 성인이 수도한 산이라 하여 그렇게 이름 붙였다고 하고, 염불암은 926년 고려 태조 왕건이 창건하였다고 전해지고 있다. 후백제를 정벌하기 위해 태조가 남쪽으로 내려가던 중에 삼성산 한쪽에서 오색구름이 영롱히 피어오르는 것을 보고 신하를 보내어 살피게 했는데, 그곳에 능정能正이라는 도인이 좌선 삼매에 들어 있었다고 한다. 그 뒤 태조는 능정의 법력을 흠모하여 절을 창건하였고 처음에는 안흥사安興寺라고 불렀단다.

삼성산은 관악산과 등을 맞대고 있는 동생뻘 되는 산이다

청청한 산죽 사이로 철부지 세상 사람들을 굽어보는 돌부처님

법당 뒤로는 시퍼런 산죽이 목화처럼 눈꽃을 피우고 있다. 산죽 사이로 난 계단 끝에는 돌부처님이 철부지 세상 사람들을 굽어보고 있고, 천연의 바위 속에 있던 미완의 부처를 어느 솜씨 좋은 석공이 점안하여 밖으로 모셔놓았음이다. 인자한 이웃 할아버지 같은 모습의 석불이 나그네를 보고서도 미소 짓고 있다.

　온기를 머금은 미소를 보고 있자니 언 몸이 스르르 녹는다. 새해를 공연히 힘주고 맞이하여 허해졌던 정신에도 활력이 충전되는 느낌이다. 그러고 보니 지붕에 얹힌 눈을 문득 쓸어가는 바람결이 예사롭지 않다. 나그네의 헛 욕심도 바람결에 씻기고 있다.

삼성산 염불암　안양유원지(안양예술공원) 입구에서 물찬냇길을 따라 삼성산 쪽으로 50여 분 오르면 암자에 이르는데, 승용차를 이용하지 말고 눈이나 비오는 날 찾으면 색다르다.　전화 031-471-9330

마음으로 쌓아올리는
남매탑

계룡산 상원암

　　동백꽃이 염주알만 한 꽃망울을 달고 있는 늦봄이다. 작년부터 동백꽃 구경을 별러왔는데, 꽃은 단옷날 무렵에 핀다고 한다. 올해는 여름의 발걸음이 빨라 더 일찍 필지도 모른다. 그런데 꽃을 감상하는 사람들은 낙화落花를 더 쳐주는 모양이다. 동백꽃 잎이 눈송이처럼 계곡물에 떨어져 흐르는 모습이 더 아름답단다. 상상만 해도 그 정경이 그려진다. 하얀 꽃잎이 난분분 난분분 떨어지니 바람이 오히려 고마울 터이다. 보는 사람의 마음에 따라서 낙화를 재촉하는 꽃바람이 고맙기도 하고 원망스럽기도 한 것이다. 동학사 일연一衍 주지스님 역시 낙화 예찬을 하는 스님이다.

　　상원암上元庵은 동학사 산내암자이고, 남매탑을 지키는 탑전 같은 곳이다. 마침 상원암 복원 공사를 점검하러 가시는 스님이 있어 산길을 동행하여 오른다. 길은 의외로 가파르다. 중간 휴게소 격인 나무 등받이 의자에 앉아 쉬지 않으면 안 될 만큼 오르막길만 이어지는 돌길이다.

남매탑의 전설은 보은의 도리를 아름답게 그려낸 이야기이다

남매탑은 1998년에야 보물로 지정되었단다. 오층석탑이 제1284호이고, 칠층석탑이 제1285호이다. 오라비탑은 7층이고 누이탑은 5층인데, 모양은 백제 탑 형식이다. 남매탑의 전설은 '보은의 도리'를 아름답게 그려낸 이야기이다.

신라 성덕왕 23년(724)에 상원上願 스님이 암자를 짓고 수행하던 중이었다. 하루는 바위를 지고 계룡산을 힘들게 오르는데, 마침 호랑이가 나타나 등을 밀어주어 가볍게 올랐던 일이 있었다. 며칠 후 호랑이가 다시 나타나 울부짖고 있었다. 가서 보니 목에 가시가 걸려 있어 스님은 호랑이를 치료하여 주었다. 호랑이는 스님에게 멧돼지 한 마리를 잡아다주었으나 스님이 먹지 않자, 이번에는 정숙한 처녀를 업어다놓고 사라졌다. 깨어난 처녀는 스님에게 부부 되기를 간청하였으나 스님은 끝내 거절하고 수도에만 전념하다가 처녀의 소원을 들어주어 의남매 인연을 맺었다. 훗날 두 사람이 세상을 떠났을 때 몸에서 각기 사리가 나와 상원 스님의 제자인 회의 스님이 탑을 세웠는데, 이 탑이 바로 오누이탑이라 부르기도 하는 남매탑의 전설이다.

그런데 이러한 '보은의 도리'가 어찌 한낱 과거의 이야기로만 머물 것인가. 스님이 들려준 이야기도 가슴이 뭉클하다.

"강원을 졸업한 후 계룡산 용화사에 머물던 26세 때의 일입니다. 부산에 사는 총각이 집에서 반대하는 처녀를 데리고 와 결혼 주례를 서 달라고 해요. 당시 용화사에는 어른이 없었지요. 그래도 결혼은 꼭 하고 싶었던지 젊은 나에게 부탁한 것이지요."

그때 스님은 부처님께 찬물만 올리고 그들 부부에게 이렇게 말하였다고 한다.

"이렇게 빈손으로 결혼식을 올리듯이 늘 빈손으로 돌아갈 수 있도록 부처님께 기도하며 사십시오."

짧은 당부를 하고는 두 사람에게 염주를 하나씩 선물했단다. 그로부터 20년이 흐른 후, 스님은 인도 성지를 순례하게 되었다. 부처님이 정각正覺을 이룬 보드가야Bodhgayā를 들렀을 때였다. 스님이 대탑 안에서 축원을 올리고 있는데, 한 수행자가 찾아와서 말하였다.

"용화사에 계시던 스님 아니십니까?"

그는 바로 20여 년 전 주례를 서준 부산 청년이었다. 그러면서 그 수행자는 스님에게 공양을 하겠다고 제의하였다.

"제가 음성공양을 올리겠습니다."

수행자는 인도말로 『반야심경』을 독송하였다. 그순간, 스님은 불경이 아니라 마음의 노래를 들었다. 업장이 한순간에 녹아내리는 느낌이었다. '부인은 어디다 두었을까?' 하는 생각도 주마등처럼 스쳤지만, 이미 그는 인도의 성자가 되어 있었다. 20년 전에 스님은 그에게 염주를 선물하였고, 그 수행자는 지금 자신이 쌓은 수행력을 스님에게 '마음의 노래'로 회향하고 있는 것이었다.

"보드가야 참배객들이 그에게 보시한 돈을 저에게 주더군요. 그래서 저는 그 돈을 다시 대탑의 불단에 보시하고 왔지요. 그가 부르는 마음의 노래야말로 제게 최고의 선물이었으니까요."

이 이야기도 보은의 도리가 아닌가. 마음으로 쌓아올린 현대판 남매탑의 이야기 같은 것이다.

끝없이 이어지듯 넘실대는 저 푸름은 우리에게 무슨 법문을 건네고 있는가

상원암은 동학사 산내암자이고 남매탑을 지키는 탑전 같은 곳이다

일연 스님은 상원암 복원의 첫 삽을 뜨던 날 눈물을 흘렸다고 한다

드디어 남매탑에 도착하여 합장을 한다. 스님은 남매탑을 지킬 상원암을 복원하면서 첫 삽을 뜨던 날 눈물을 흘렸다고 한다. 그리고 며칠이 지난 뒤 군인들이 하늘에서 떨어져내리는 꿈을 꾸었단다. 군인들은 신장神將을 상징하므로, 스님은 그제야 복원 공사가 원만하게 성취될 것으로 생각하였다고 얘기한다.

도량 부근의 정화도 어지간히 정리되었다고 한다. 살생한 짐승을 가져와 제사 지내는 무속인들을 때로는 달래고 윽박질러 이제는 어느 정도 도량 부근이 맑아졌다는 것이다. 최근에도 짐승 뼈 무더기와 칼을 주웠고, 무속인들이 숨겨둔 이불을 몇 짐이나 가지고 와서 태웠다고 하니 짐작할 만하다. 상원암의 '남매탑 스님'은 이러한 성역화 작업을 모두 스님의 원력으로 돌린다. 남매탑 스님의 이 말도 뇌리에 남는다.

"잠을 자는 시간도 도량을 비운다는 생각이 들어 잠이 잘 안 옵니다. 그래도 이제는 맑은 기운이 어지러운 기운을 물리쳐가고 있음을 느낍니다. 마당을 걷다 보면 어지러운 기운이 힘없는 재처럼 풀썩풀썩 밟히는 것 같습니다."

마당가에 핀 철쭉이 유난히 붉고 곱다. 스님과 남매탑 스님의 원력이 맑은 기운으로 스며든 빛깔 같다. 도량을 설거지하면서 산다는 두 스님의 말이 잊혀지지 않는다. 나그네는 저잣거리로 나가 무엇을 설거지하면서 살 것인가.

계룡산 상원암   동학사 경내 입구에 이르면 홍살문이 나온다. 그 홍살문 못 미쳐 오른편으로 작은 계곡이 나오는데, 다리를 건너지 말고 계곡에 붙은 산길을 따라 50여 분 오르면 암자에 이른다. **전화** 041-825-2570

제 몸에 있는 도둑부터
잡으시게

계룡산 고왕암

비가 좀 그치자 산속에서는 우산 없이도 걸을 만하다. 울창한 숲들이 우산이 되어주고 있음이다. 고왕암古王庵 가는 길은 신원사 오른편에 있는 계곡을 따라가다가 금룡암 입구에서 이정표를 한 번만 주의 깊게 보면 되는 비교적 쉬운 산길이다. 그러나 나그네의 발걸음은 무거워지고 만다. 고왕암이라는 암자 이름의 슬픈 유래 때문이다.

백제 의자왕이 나당 연합군에 항복한 이후 왕자 융隆은 계룡산의 이곳까지 숨어들어와 백제의 부흥을 꿈꾸다가 좌절하였다. 백제가 멸망한 이후 7년 동안이나 이곳 동굴에서 머물다가 왕자 융도 결국에는 항복하였다고 한다. 그래서 훗날 스님들이 '왕이 머물렀던 암자'라 하여 원래의 이름을 고쳐 불렀다는 이야기다. 여기서 흥미로운 것은 '옛 고古' 자가 여기서는 '머무를 고' 자라는 사실.

천 몇 백 년 전의 일이지만 소멸이란 가슴 아픈 것. 그것도 한 왕국의 멸

천 몇 백 년 전 일이지만 소멸이란 가슴 아픈 것

백제 왕자 융이 백제의 부흥을 꿈꾸며 머물던 암자 고왕암

모든 일상적인 것으로 암자의 풍경은 포근하고 넉넉해진다

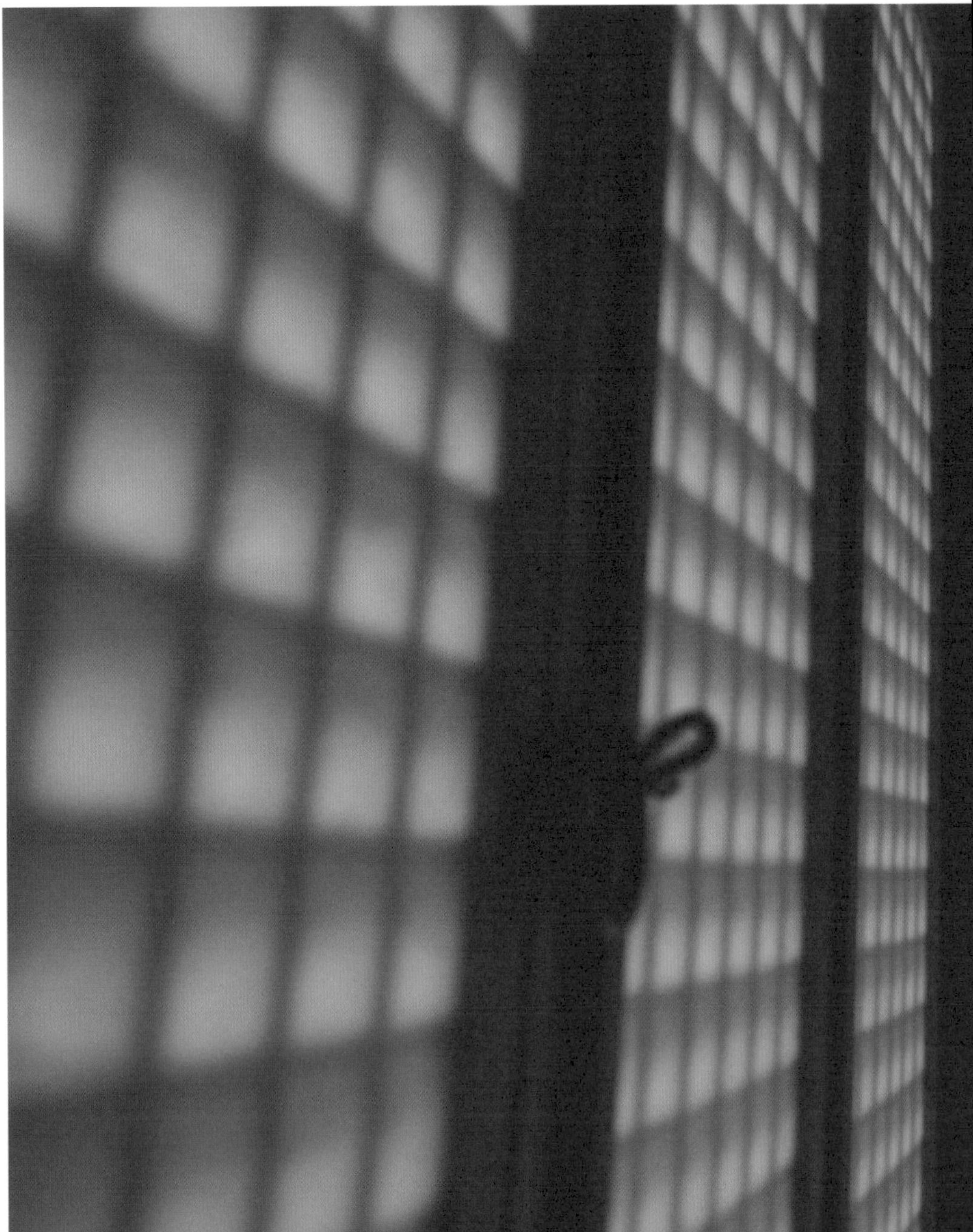

망이므로 안타까움이 더하는 것인지도 모른다. 그러나 오늘의 가벼운 우리들이야 어찌 백제의 슬픈 역사에만 젖어 있을 것인가. 그러한 감상을 계곡물에 흘려 띄우고, 지금 내리는 빗방울에 씻겨 보내고 만다.

돌계단을 올라서니 암자는 왕자가 머물렀던 집이라기보다는 농부가 사는 농가를 연상시킨다. 마당가에는 모과나무가 열매를 주렁주렁 매달고 있고, 어른 손가락만 한 고추들이 익어가고 있다.

빗발이 다시 굵어지자 마루턱에서 비를 피해본다. 마침 마루에는 찐 고구마가 광주리에 담겨 있고, 대전에서 왔다는 암자 신도들이 간식을 하고 있다. 이때 한 비구니스님이 나그네에게 묻는다.

"무슨 일로 오셨습니까?"

"암자만 돌아다니는 사람입니다."

그제야 고구마를 권하며 나그네를 알아본다. 그러고 보니 비구니 중견 학승인 일초 스님의 상좌 현정玄頂 스님이다. 이제 신도들은 고구마를 권하고 스님은 방에서 차를 권한다. 나그네도 암자의 가족이 된 느낌이다. 비 오는 날 암자에서 고구마를 먹고 차를 마시니 이 또한 별미이다. 조금 과장하자면 극락에 온 느낌이다. 별것 아닌 것일 수도 있지만 결코 별것으로 느껴지기 때문이다. 그래서 암자의 풍경은 포근하고 넉넉해지는 것인가.

점심은 수제비로 하자고 누군가가 제안한다. 그러자 일부는 우르르 호박을 따러 가고 스님은 밀가루 반죽을 시작한다. 그사이 나그네는 다시 마루를 내려와 요사채 벽에 붙어 있는 현정 스님의 글을 읽어본다. 글이 너무 좋아 한 줄도 빼지 않고 그대로 옮겨본다.

세상에는 이런 도둑이 많기도 하다네. 그중 제일 고약한 도둑이 있으니 바로 자기 몸 안에 있는 여섯 가지 도둑일세.

첫째는 눈도둑, 집이나 재물 보이는 족족 뭐든지 가지려 성화를 하지.

둘째는 귀도둑, 그저 듣기 좋은 소리만 들으려 한다네.

셋째는 콧구멍도둑, 좋은 냄새는 자기가 맡고 나쁜 냄새는 남에게 맡게 한다네.

넷째는 혓바닥도둑, 온갖 거짓말에다 맛난 것만 먹으려 한다네.

다섯째는 요놈의 몸뚱이도둑, 훔치고 죽이고 못된 짓을 골라 하니 도둑 중에 제일 큰 도둑이구나.

마지막 도둑은 생각도둑, 제 마음대로 이놈은 싫다, 저놈은 없애야 한다, 저 혼자 화를 내고 이를 갈며 난리를 치지.

그대들 가운데 이 여섯 가지 도둑이 없는 사람이 있거든 어디 한번 나서보시게. 복 받기 바라거든 우선 제 몸에 있는 여섯 도둑부터 잡으시게.

불경의 하나인 『아함경』에 이와 비슷한 부처님 말씀이 많이 나오기는 하지만, 이만큼 알기 쉽게 정리해낸 현정 스님이 미덥다. 이 구절 말고 더 무슨 말이 필요할까. 그래서 나그네는 입을 다문다. 들깨죽에 섞인 수제비를 먹으며 스님과 신도들이 하하 호호 웃는 소리에 즐거이 귀를 맡길 뿐이다.

계룡산 고왕암 신원사 오른편의 계곡을 따라 소림원을 지나, 금룡암 입구에서 다시 4백 미터쯤 산길을 오르면 암자에 이른다. **전화** 041-852-4589

작은 꽃에도 뛰는 가슴이고 싶소

속리산 중사자암

속리산의 암자들은 모두 법주사 팔상전으로부터 시작된다. 팔상전은 오층 목탑 형식의 가람이다. 이 목탑은 돛대 형상으로, 절은 배에 해당한다. 그래서 이런 절에는 샘을 파지 않는다고 한다. 배에 구멍을 내면 항해하지 못하고 침몰하기 때문이다.

그런데 이 팔상전 지붕의 선이 나그네의 눈길을 잡는다. 목탑 오층의 지붕 선이 뒤에 있는 산자락과 일치하는 것이다. 자연에 대한 선인들의 예의가 느껴진다. 이에 비하여 소위 현대에 사는 오늘 우리들의 거주지를 보라. 얼마나 오만불손한가. 자연은 안중에 없고 개발이란 미명하에 그저 인간의 욕망만이 흉측하게 드러나 있을 따름이다.

일석이조란 말이 있으니, 오늘 가는 곳은 중사자암中獅子庵이지만 가는 길에 암자 하나를 더 들러도 좋지 않겠는가. 법주사 뒤편으로 계곡을 따라서 가다가 왼편으로 꺾어 올라가면 암자가 하나 나타난다. 비구니스님들이 수도하는 탈골암이라는 암자인데, 나그네에게는 두 번째 방문이다. 몇 년 전에 들러 취재한 적이 있음이다.

암자에 가면 꼭 스님을 만나 법문을 들어야만 되는 것은 아니다. 그 무엇을 만나도 그 나름대로 마음이 편안해진다. 탈골암에서도 마찬가지이다. 예전에는 보지 못했는데, 이번에는 수줍게 핀 수련이 스님보다 먼저 나그네를 맞아준다. 누구라도 꽃을 보면 닫혔던 마음이 꽃잎처럼 절로 열린다. 손뼉을 치면 소리가 나듯 선하고 아름다운 것에 대한 자연스러운 응답이리라. 그러고 보면 사람마다 불성佛性이 있다는 부처님 말씀은 틀림없는 진리이다.

중사자암은 등산객들이 즐겨 가는 문장대 아래에 있다. 신라 성덕왕 19년(720)에 창건된 암자이니 천년 암자인 셈이다. 조선조 세조 이후 고종에 이르기까지 여러 왕이 이곳에 눈길을 주었던 사실을 보면 그 무슨 사연이 있는 것 같다. 그러나 그런 사연은 흰 구름처럼 온데간데없고, 암자에 하사한 선조의 친필 병풍(법주사 소장)과 글씨를 알아볼 수 없는 사적비와 부도 하나가 전해져오고 있을 뿐이다.

스님들 사이에서 지혜의 상징인 문수보살이 머무는 문수도량이라고 알려진 것이 그나마 암자의 격을 지켜주고 있다. 그러나 이러한 얘기들은 다 관념적인 수사에 불과하다. 왕들이 땀 흘리며 예까지 왔다가 갔다 한들, 문수보살이 늘 머무는 도량이라고 한들, 나그네 자신이 무언가를 보지 못하고 감동하지 못하면 아무 소용 없는 법.

나그네는 목이 말라 샘가로 갔다가 독사 한 마리를 보고 발걸음을 멈칫한다. 목마른 사람이 오가는 길목에 똬리를 틀고 있는 저놈도 스승이라면 스승이려니. 소가 물을 마시면 우유가 되고, 뱀이 물을 마시면 독이 된다고

천년 암자 중사자암은 등산객들이 즐겨 가는 문장대 아래에 있다

문수보살이 늘 머무는 도량이라 한들, 자신이 아무것도 보지 못하면 소용없는 법

했던가. 나그네가 마시는 물은 무엇이 될 것인가. 욕심의 때를 씻는 청소용으로만 쓰여도 다행일 터인데 말이다.

에라, 모르겠다. 꽃이나 실컷 구경하자꾸나. 암자 뜨락에 핀 노란 꽃 붉은 꽃이나 눈이 아프게 보고 가자꾸나. 꽃 이름을 모르면 어떠리. 태초에 무슨 이름이 있었더냐. 이름 역시 인간이 만들어낸 관념의 그림자. 아이야, 비 갠 뒤 더욱 고운 꽃구경 하쟈스라.

한 스님이 방문을 열고 고개를 내민다. 전망이 좋은 너럭바위 위에서 서성거리는 나그네 일행의 인기척 때문이다. 이때 나그네는 엉뚱한 질문을 한다.

"스님, 내생에도 스님 하실 겁니까?"

"아니오, 평범하게 아들딸 낳고 살 겁니다."

"스님 되고 싶은 생각이 없다는 말씀입니까?"

"이런 데서 고독하고 치열하게 수행하다 보면 그런 말 안 나옵니다. 가짜 중들이 신도들 대접 속에서 편하니까 그런 말들 합니다."

그래도 스님들 중에는 산속 암자에서 고행의 길을 걷고 있는 이가 더러 있다. 무엇을 얻으려고 그러는 것일까. 이 스님의 경우는 마음이 흐트러지지 않는 경지와 통찰력을 얻고 싶다고 한다. 다른 말로 선정과 지혜를 얻어 영원한 자유인이 되고 싶다는 것이리라. 나그네에게는 힘겨운 경지이다. 나그네는 작은 꽃을 보고서도 연애 감정처럼 가슴 뛰는 삶을 살고 싶을 뿐이다.

속리산 중사자암 법주사 매표소에서 문장대 가는 산길로 1시간 50분 정도 오르면 암자에 이른다. 복천암에서는 40여 분 걸리고, 문장대 못 미쳐서 왼편에 암자로 가는 길이 나 있다. **전화** 043-542-5093

청설모가
잣 따는 스님에게 항의하네

속리산 상고암

　속리산 산길도 태풍이 지나간 상처가 선명하다. 나뭇가지가 부러져 있고 산길이 무너져 있다. 계곡물은 언제 또 넘쳐흐를지 모른다. 지금 호남과 경기 지방은 폭우가 쏟아져내린다는 속보가 계속되고 있다. 나그네는 하늘의 도움을 받아 마음 가볍게 산길을 오르고 있다. 남한 전부가 호우주의보권에 있는데 다행히 속리산 지역만 빠진 것이다.

　그러나 마음과 달리 발걸음은 가볍지 않다. 나그네는 치아 치료 때문에 벌써 일주일간이나 죽만 먹는 상태이므로 해발 6백 미터를 넘어서자 탈진이 되고 만다. 마음은 미리 암자에 가 있는데 두 발이 천근만근 무겁다.

　그렇다고 예서 멈출 수는 없다. 몸도 옷도 모자 같은 것까지도 무겁고 귀찮아서 내팽개치고 싶은 극한 상황이지만 차라리 마음 편한 점도 있다. 저 잣거리에서 가져온 묵은 감정 같은 것이 어느새 세탁되고 없는 것이다. 그래서 이곳을 일찍이 속리俗離라 하였던가. 속과 하나둘씩 이별하고 있음이다.

산길을 힘들게 오르다 보면 어느새 묵은 감정이 세탁되어 없어진다

신라 성덕왕 때 창건한, 해발 930미터 지점에 위치한 상고암

끝없이 이어지는 돌계단과 오르막 산길, 이곳의 암자 가는 길은 극기 훈련 코스이다. 복천암에서 신미·학조 대사의 부도탑을 비껴 지나온 능선길이 얼마나 아름답고 정취 있는 양반길인지 새삼 그립다. 아름다운 산길을 꼽자면 그 길도 빠지지 않으리라.

상고암上庫庵도 문장대 아래의 중사자암처럼 신라 성덕왕 19년(720)에 창건되었다고 전해진다. 왜 암자 이름에 창고를 뜻하는 '고庫' 자를 썼느냐고 묻자 한 스님의 얘기는 이렇다.

"법주사 법당을 지을 때 속리산 천황봉 소나무를 베어다 저장해두었던 곳이어서 상고암이라고 하였지요. 특히 이곳의 홍송紅松은 그 향기가 대단하여 목침으로 애용하였습니다."

해발 930미터 지점이라 만리풍이 부는 곳이니 모기도 없고, 눈은 대관령에 내리는 날 이곳에도 온다. 만리풍이란 한반도 전역 멀리에서 불어오는 바람이라 하여 스님들이 붙인 이름.

산신각 왼쪽으로 오르니 전망대가 나온다. 과연 상고암이 속리산 암자들 중에서 가장 높은 곳에 자리해 있다는 말이 실감난다. 왼쪽부터 문장대, 임경업 장군이 무술을 연마하였다는 경업대, 입석대, 비로봉, 천황봉이 한눈에 들어온다.

전망대에서 내려오는 길에 스님이 약초를 따서 일일이 설명해준다.

"해발 600미터 이상 고지에서만 자생하는 고분초, 산삼 다음 간다는 만삼, 야생 당귀잎, 천궁, 백초, 쓴맛이 나는 신선초가 이곳에서 자라납니다. 자, 제가 방금 뜯은 이 여섯 가지 약초를 먹고 나면 기운이 솟아 하산하는데 5분도 걸리지 않을 겁니다. 하하하!"

속리산 암자들 중 가장 높은 곳에 자리한 상고암

천진난만함을 잃지 않고 사는 것이야말로 인생의 가장 큰 행복이 아닐까

돌샘에서 나는 샘물을 표주박으로 두어 번 마시고 스님이 따준 약초를 우물거리니 다시 힘이 솟는다.

이곳에서는 지금이 바로 잣을 따는 시기라고 한다. 이 시기를 놓치면 청설모가 입으로 발로 다 따가버린단다. 그러나 산 주인이 누구일 것인가. 청설모도 아니고 스님도 아니다. 그러니 먼저 따는 자가 임자다. 스님이 잣을 먼저 따는 날에는 청설모가 나타나 나무 위에서 항의를 한다는데, 그 방법이 재미있다. 화가 난 청설모가 잣을 따 떨어뜨린다는 것이다. 이때 청설모는 스님에게 더없이 고마운 존재란다. 잣나무 높은 가지에 있는 잣을 따서 떨어뜨려주는 봉사를 하니까.

스님 없이 쌀 한 줌, 된장 한 줌만 남아 있던 빈 상고암에 올라와 벌써 수십 년째 살고 있다는 귀밑머리가 희끗한 스님. 청설모와 티격태격하는 스님의 모습이 동화의 한 장면처럼 연상된다. 그렇다. 어른이 된 우리들이 과거 속으로 묻어버린 모습들 중 하나이다. 천진난만한 개구쟁이 모습을 잃어버리고 있는 것이다. 천진난만함을 잃지 않고 사는 것이야말로 인생의 가장 큰 행복이 아닐까. 이때 말로만 표현하는 도道는 어디에도 발붙일 자리가 없다.

속리산 상고암 법주사 매표소에서 2시간 이상을 걸어야 암자에 다다른다. 복천암에서만 1시간 이상 걸리는 가파른 산길이므로 서둘지 말고 쉬엄쉬엄 가는 게 지혜이다. **전화** 043-212-1019

암자로 가는 길 3

초판 1쇄 발행 2015년 11월 16일
초판 2쇄 발행 2024년 9월 1일

지은이 정찬주
사 진 백종하
펴낸이 정중모
펴낸곳 도서출판 열림원

등록 1980년 5월 19일(제406-2000-000204호)
주소 경기도 파주시 회동길 152
전화 031-955-0700 | 팩스 031-955-0661
홈페이지 www.yolimwon.com | 이메일 editor@yolimwon.com

ⓒ 정찬주&백종하, 2015

ISBN 978-89-7063-953-6 04810
      978-89-7063-954-3 (세트)

이 도서의 국립중앙도서관 출판예정도서목록(CIP)은 서지정보유통지원시스템 홈페이지(http://seoji.nl.go.kr)와 국가자료공동목록시스템(http://www.nl.go.kr/kolisnet)에서 이용하실 수 있습니다.(CIP제어번호:CIP2015029750)